The Bigger They Come

新編賈氏妙探

之1 來勢洶洶

賈德諾 Erle Stanley Gardner 著　周辛南 譯

目錄
Contents

The Bigger They Come

出版序言

關於「妙探奇案系列」

當代美國偵探小說的大師，毫無疑問，應屬以「梅森探案」系列轟動了世界文壇的賈德諾（E. Stanley Gardner）最具代表性。但事實上，「梅森探案」並不是賈氏最引以為傲的作品，因為賈氏本人曾一再強調：「妙探奇案系列」才是他以神來之筆創作的偵探小說巔峰成果。「妙探奇案系列」中的男女主角賴唐諾與柯白莎，委實是妙不可言的人物，極具趣味感、現代感與人性色彩；而每一本故事又都高潮迭起，絲絲入扣，讓人讀來愛不忍釋，堪稱是別開生面的偵探傑作。

任何人只要讀了「妙探奇案」系列其中的一本，無不急於想要找其他各本，以求得窺全貌。這不僅因為作者在每一本中都有出神入化的情節推演，而且也因為書中主角賴唐諾與柯白莎是如此可愛的人物，使人無法不把他們當作知心的、親近的朋友。「梅森探案」共有八十五部，篇幅浩繁，忙碌的現代讀者未必有暇遍覽全集。而「妙探奇案系列」共為廿九部，再加一部偵探創作，恰可構成一個完整而又連貫的「小全集」。每一部故事獨立，佈局迴異；但人物性格卻鮮明生動，層層發展，是最適合現代讀者品味的一個偵探系列。雖然，由於賈氏作品的背景係二次大戰後的美國，與當今年代已略有時間差異；但透過這一系列，讀者仍將猶如置身美國社會，飽覽美國的風土人情。

本社這次推出的「妙探奇案系列」，是依照撰寫的順序，有計劃的將賈氏廿九本作品全部出版，並加入一部偵探創作，目的在展示本系列的完整性與發展性。全系列包括：

①來勢洶洶 ②險中取勝 ③黃金的秘密 ④拉斯維加，錢來了 ⑤一翻兩瞪眼 ⑥變！失蹤的女人 ⑦變色的色誘 ⑧黑夜中的貓群 ⑨約會的老地方 ⑩鑽石的殺機 ⑪給她點毒藥吃 ⑫都是勾搭惹的禍 ⑬億萬富翁的歧途 ⑭女人等不及了 ⑮曲線美與痴情郎 ⑯欺人太甚 ⑰見不得人的隱私 ⑱探險家的嬌妻 ⑲富貴險中求 ⑳女人豈是好惹的 ㉑寂寞的單身漢 ㉒躲在暗處的女人 ㉓財色之間 ㉔女秘書的秘密 ㉕老千計，狀元才 ㉖金屋藏嬌的煩惱 ㉗迷人的寡婦 ㉘巨款的誘惑 ㉙逼出來的真相 ㉚最後一張牌。

本系列作品的譯者周辛南為國內知名的醫師，業餘興趣是閱讀與蒐集各國文壇上高水準的偵探作品，對賈德諾的著作尤其鑽研深入，推崇備至。他的譯文生動活潑，俏皮切景，使人讀來猶如親歷其境，忍俊不禁，一掃既往偵探小說給人的冗長、沉悶之感。因此，名著名譯，交互輝映，給讀者帶來莫大的喜悅！

譯序

美國有史以來最好的偵探小說

周辛南

賈氏「妙探奇案系列」，（Bertha Cool—Donald Lamm Mystery）第一部《來勢洶洶》在美國出版的時候，作者用的筆名是「費爾」（A. A. Fair）。幾個月之後，引起了美國律師界、司法界極大的震動。因為作者大膽的在小說裡寫出了一個方法，顯示美國人在現行的美國法律下，可以在謀殺一個人之後，利用法律上的漏洞，使司法人員對他無計可施，只好讓他逍遙法外。

於是「妙探奇案系列」轟動了美國的出版界、讀書界和法律界，到處有人打聽這個「費爾」究竟是何方神聖？

作者終於曝光了，原來「費爾」就是名作家賈德諾的另一個筆名。史丹利．賈德諾（Erle Stanley Gardner）是美國當代最著名的作家之一。他本身是法學院畢業的律師，早期執業於舊金山，曾立志為在美國的少數民族作法律辯護，包括較早期的中國移民在內。律師生涯平淡無奇，倒是發表了幾篇以法律為背景的偵探短篇頗受歡迎。於是改寫長篇偵探推理小說，創造了一個五、六十年來全國家喻戶曉，全世界一半以上國家有譯本的主角——梅森律師。

由於「梅森探案」的成功，賈德諾索性放棄律師工作，專心寫作，終於成為美國有史以來第一個最出名的偵探推理作家，著作等身，已出版的一百多部小說，估計售出七億多冊，為他自己帶來巨大的財富，也給全世界喜好偵探、推理的讀者帶來無限樂趣。

賈德諾與英國最著名的偵探推理作家阿嘉沙·克莉絲蒂是同時代人物，都活到七十多歲，都是學有專長，一般常識非常豐富的專業偵探推理小說家。

賈德諾因為本身是律師，精通法律。當辯護律師的幾年又使他對法庭技巧嫻熟，所以除了早期的短篇小說外，他的長篇小說分為三個系列：

一、以律師派瑞·梅森為主角的「梅森探案」；

二、以地方檢察官Doug Selby為主角的「DA系列」；

三、以私家偵探柯白莎和賴唐諾為主角的「妙探奇案系列」；

以上三個系列中以地方檢察官為主角的共有九部。以私家偵探為主角的有二十九部，梅森探案有八十五部，其中三部為短篇。

梅森律師對美國人影響很大，有如當年英國的福爾摩斯。「梅森探案」的電視影集，台灣曾上過晚間電視節目，由「輪椅神探」同一主角演派瑞・梅森。

研究賈德諾著作過程中，任何人都會覺得應該先介紹他的「妙探奇案系列」。讀者只要看上其中一本，無不急於找第二本來看，書中的主角是如此的活躍於紙上，印在每個讀者的心裡。每一部都是作者精心的佈局，根本不用科學儀器、秘密武器，但緊張處令人透不過氣來，全靠主角賴唐諾出奇好頭腦的推理能力，層層分析。而且，這個系列不像某些懸疑小說，線索很多，疑犯很多，讀者早已知道最不可能的人才是壞人，以致看到最後一章時，反而沒有興趣去看他長篇的解釋了。

美國書評家說：「賈德諾所創造的妙探奇案系列，是美國有史以來最好的偵探小說。單就一件事就十分難得——柯白莎和賴唐諾真是絕配！」

他們絕不是俊男美女配：

柯白莎：女，六十餘歲，一百六十五磅，依賴唐諾形容她像一捆用來做籬笆，帶刺的鐵絲網。

賴唐諾：不像想像中私家偵探體型，柯白莎說他掉在水裡撈起來，連衣服帶水不到一百三十磅。洛杉磯總局兇殺組宓警官叫他小不點。柯白莎叫法不同，她常說：「這小雜種沒有別的，他可真有頭腦。」

他們絕不是紳士淑女配：

柯白莎一點沒有淑女樣，她不講究衣著，講究舒服。她不在乎別人怎麼說，我行我素，也不在乎體重，不能不吃。她說話的時候離開淑女更遠，奇怪的詞彙層出不窮，會令淑女嚇一跳。她經常的口頭禪是：「她奶奶的。」

賴唐諾是法學院畢業，不務正業做私家偵探。靠精通法律常識，老在法律邊緣薄冰上溜來溜去。溜得合夥人怕怕，警察恨恨。他的優點是從不說謊，對當事人永遠忠心。

他們也不是志同道合的配合，白莎一直對賴唐諾恨得牙癢癢的。

他們很多地方看法是完全相反的，例如對經濟金錢的看法，對女人——尤其美女的看法，對女秘書的看法……

但是他們還是絕配！

賈氏「妙探奇案系列」，為筆者在美多年收集，並窮三年時間全部譯出，全套共三十冊，希望能讓喜歡推理小說的讀者看個過癮。

第一章　有點怪怪的徵聘廣告

唉，這實在是一個不景氣的時代。

推門走進辦公室，我站在門旁，帽子抓在手上。

有六個男人先我一步在辦公室裡，徵聘廣告要求的年齡是廿五到卅歲，有人明顯是須要說點謊了，無論從哪一方面看都可以說明我們這一群人混得不怎麼好。

一個頭髮像稻草色的金髮秘書坐在打字桌後敲打著字鍵。她仔細看了我一下，用的是賭梭哈時的撲克面孔。

「有什麼事？」她問。

「我想見柯先生。」

「為什麼？」

我斜著頭彎向六個人坐的方向做了一個姿態，那六個人看著我多少有一點敵視的樣子。「我是來應徵的。」我說。

「坐著等。」她說。

「好像——」我環視著：「沒有坐的地方了。」

「等一下就有了。你可以站著等，也可以等一下再來。」

「我站一會，沒關係。」

她轉回自己的工作。一下嗡聲，她拿起電話，凝聽一陣後說：「是！」有所期待地注視著通內間的門，門上有金字漆著「柯氏，辦公室」。門打開，出來一個男人，有點像急著呼吸外面新鮮空氣似的快步走出直衝走廊。金髮的開口：「王先生，你請進。」

王先生寬肩蜂腰，拉一拉西裝背心下沿，扶整一下領帶，擠出一點笑容，開門進入內間辦公室。

金髮的問我：「你什麼名字？」

「賴，賴唐諾。」

「藍？藍顏色的藍？」她問。

「賴。」我說。

她記下我的姓名，而後用她的碧眼看著我。右手不斷用她的速記手法在我的名字下做著記號，我知道她在把我的外表分類。

「就這樣？」我等她從頭到腳觀察完畢，停筆後問。

「嗯！坐在那邊等。」

我坐下等。王先生在內間不久，兩分鐘後出來。再進去的一位更為快速，像彈出來的樣子。第三位進去十分鐘，出來時有點迷糊的感覺。這時又來了三個應徵的人，金髮的登記姓名，做好記號，讓他們就坐，拿起電話一本正經地說：「還有不少。」凝聽了好一陣，掛回話機。

在下一位出來後，金髮走進內間，停留了五分鐘，再出來時，向我點了一下頭，「賴先生，請你先進去。」她說。

比我先來的人疑惑地看看她，又看看我。他們沒有說話。很明顯的她不在乎他們看她時的表情，我更不在乎。

內間相當大，有不少檔案櫃，兩張舒適的椅子，一張小桌和一張辦公桌，辦公桌很大。

我拿出最友善的笑容說：「柯先生，我……」立即煞車，坐在辦公桌後面的人，不是先生。

她，不到六十歲的年齡，灰髮，亮亮的灰色眼珠，祖母樣子的表情，兩百磅以上的體重。她說：「請坐，賴先生，不！不是那張椅子，坐這邊來，我可以看著你。對！這樣很好。要聽我話，千萬不可以騙我。」

她擺動著座下的迴轉椅看著我，好像我是她喜愛的外孫，回來向她要糖果似的。「你住在什麼地方？」她問。

「我沒有永久通訊地址，」我說：「目前我在西谷區租了一間宿舍。」

「有什麼學經歷？」

「沒有什麼現在有用的學經歷。」我回答：「我受過藝術、文學、人文的教育，都不太能換鈔票。事實上，沒有鈔票也沒有人能搞藝術、文學和人生哲學。」

「幾歲啦？」

「二十八。」

「父親，母親都在嗎？」

「沒有。」

她說：「你像一隻小蝦子，我看你不到一百廿磅吧？」

「一百二十七。」

「你會打架嗎？」

「不會——有時候打架，我多半被人打。」

「你應徵的是一個男人的工作。」

「我是一個男人呀！」我生氣地回答。

「可惜你太瘦小了，別人會把你推來推去。」

「當我在大學裡，」我說：「有不少人試過，最後他們都不敢再找我，我不喜歡別人逗我，整人有很多種方法，打架不過其中之一，我有我自己的方法，而且很靈光。」

「徵聘廣告你有沒有仔細看過？」

「我認為看清楚了。」

「你自認合乎要求嗎？」

「我沒有什麼牽累，」我說：「我自認有勇氣，膽子不小，自發性很大，應該是有智慧的。假如沒有這些優點的話，以往的教育不是白花錢了嗎？」

「什麼人花錢給你受教育？」

「我父親。」

「他什麼時候過世的？」

「兩年前。」

「這兩年你在做什麼？」

「零星工作。」

她沒有什麼臉色的改變，很平穩，含有笑意地對我說：「你是一個天大的說謊者。」

我用手掌把座椅後推，說道：「你是個女人，愛怎麼說就怎麼說。我是個男人，不必受你這種氣。」

我開始向門邊走。

「等一下，」她說：「你有機會得到這個工作。」

「我不要這種工作。」

「不要固執，回到這邊來，看著我，你在騙我對不對？」

還有什麼差別，反正這個工作是吹了。我轉過身來面對著她。「是的，」我說：「我是在騙你，騙人已經成為習慣了，不騙也是白不騙。」

「坐過牢嗎？」

「沒有。」

「回來，坐下來。」

我又回頭坐下來，我口袋裡只有一角錢，昨天中午到現在還沒有吃過東西。職業介紹所無法給我任何協助，最後只好來試試這個看起來有點怪怪的徵聘廣告，這是我最後一步棋了。

「現在，告訴我真正的實況。」她說。

「我二十九歲，父母都過世了，我受過大學教育，我有很高的智力。我願意做任何工作，我需要錢，假如你給我工作，我一定盡力效忠。」

「還有呢？」

「沒有了。」

「你叫什麼名字。」

我笑笑。

「這樣看來，你並不姓賴。」

「我已經把所有實況都告訴你了。」我說：「你真要再聽，我可以說個沒完，這可是我的專門。」

「看得出來你有這個本領。」她說：「你就告訴我你在大學裡到底是唸什麼的？」

「這有關係嗎？」

「我也不知道有沒有關係，」她說：「不過你說『大學』的時候我認為你在吹牛，我看你連大學的邊也沒有摸過。」

「我進過大學。」

「那就是沒有畢業。」

「我畢業了。」

她用下唇頂起了上唇。「你對人體解剖知道多少？」

「不多。」

「你在大學學什麼？」

「想聽我亂蓋？」

「不必，」她說：「至少現在不……也可以，我倒想聽你怎麼蓋。我們這種工作有時需要蓋，而且要蓋得好，我不太喜歡你一進來那種說謊的樣子。」

「好，現在開始我告訴你真話。」我正經地指出。

「不必，你還是編一些謊話好。」

「編哪一方面的？」

「隨便，」她說：「只要蓋得令人相信，同時要能連起來，你在大學裡研究什麼？」

「微生物戀愛生活。」我說：「目前為止，所有科學家把微生物看作實驗對象。從沒有一個科學家站在微生物的立場考慮微生物的需要。當我研究微生物的戀愛生活，你可以想像就是你自己的戀愛生活——」

「我從來沒有過戀愛生活。」她打斷我的話題。

「——完全一樣，」我順口的連下去，只當她沒有插口：「給這些微生物合宜的溫度、濕度，充分的營養，他們就很有浪漫氣息，事實上，他們——」

她伸出肥肥的手掌，好像要把我的話推回到我的嘴裡：「夠了夠了，蓋得不錯，因為反正沒有人關心這個問題。告訴我，你到底對微生物有沒有一點點瞭解？」

「一點也沒有。」我告訴他。

她的眼睛靈活發亮：「你在大學裡怎麼對付這些欺侮你的人？」

「假如你要的是實況，我們最好不要談這個題目。」

「我是要知道實況，我也想多知道你一點。」

「我用智取，我也非常難纏，」我說：「每個人都要自己保護自己，有弱點自有別的方法可以用來彌補。有人欺負我，我絕不會甘休，即使用暗箭一樣可以傷人，我一定要使傷害我的人後悔他不應該起釁，而且使別人也不再敢試，我總有方法，別人也知道我不好纏。現在，我的時間也很寶貴，假如你覺得玩夠了，我要走了。我實在不喜歡別人取笑我，有一天你會笑不出來，我會想一個辦法整整你的。」

她嘆了一口氣，不是一個胖女人疲乏帶喘的嘆氣，而是解除胸中重負那種嘆息。她拿起桌上的話機說：「愛茜，我錄用了賴唐諾，把其他應徵的都打發走，門口掛個牌子，應徵已經有人，今天已見到夠多的落魄人物。」

她把話機拋回機座上，打開一個抽屜，拿出一些文件開始閱讀。過不了多久我聽到外間椅子和人聲，知道其他人都已失望離去。

我靜靜地坐著。有點疑問，但等著。

「身邊有錢嗎？」女人突然問道。

「不多，還可以支持一段時間。」我告訴她。

她從雙光眼鏡的上段看著我：「唉！說謊也說不像，比微生物還差點勁。這件爛襯衫，你應該花幾塊錢再買件新的。把這條領帶丟掉。花五毛錢買條新的，把鞋子擦亮，去理個髮，我想你的襪子一定都破了。你肚子還餓著吧？」

「我還可以。」我說。

「老天，不要對我逞強。拿個鏡子照照，你雙頰下陷、眼睛下面有黑圈，一個星期沒吃飯的樣子，出去好好的吃一頓早餐，就用兩毛錢的早餐。你還需要一套衣服，今天當然來不及了。現在開始你已經為我工作了，千萬不要誤解你可以用我的時間去做私務買東西。你下班之後可以去買衣服——那是下午五點鐘，我會預支你一點薪水，千萬不要再想出什麼老千。拿去，這是二十塊錢。」

我取了錢。

「去吃早餐辦事，」她說：「準九點鐘回來報到，走吧！」

當我到達門口，她提高了音量：「唐諾，不要亂花錢，早餐上限兩毛五分錢。」

第二章　柯氏私家偵探社

我回到辦公室的時候，金髮秘書正在猛敲打字機鍵，辦公室通走道門上漆的是「柯氏私家偵探社」。

「哈囉。」我說。

她點點頭。

「她是……小姐，還是太太？」我指著內間問。

「太太。」她回答。

「在裡面嗎？」

「不在。」

「我應該怎麼稱呼你？」我問。

「卜小姐。」

「幸會，卜小姐，」我說：「我是賴唐諾，柯太太給了我報紙廣告徵用的這個職位。」

她自管她的打字。

「既然我要在這裡工作，」我繼續我的話題：「今後我們見面時機尚多。假使你不歡迎我，我就不喜歡你，這可是你自找的。」

她停下打字以便翻過速記本的另一頁，看了我一眼說。「可以。」繼續敲著打字機。

我走到一邊坐下來。

「除了等候，有什麼我可以做的嗎？」過不久我又問。

她搖搖頭。

「柯太太要我準九點鐘回來。」

「你這不回來了嗎？」左手推著打字圓筒。

我從口袋拿出一包香菸，我已經斷糧一週，不是想斷絕菸糧，是不得不爾。辦公室外門打開，柯太太橫著擠進室來，跟在後面是一位瘦高，棕色頭髮的美女。

我仔細對我的新老闆重新估計一下，知道我第一眼至少低估了二十磅她的體重，何況明顯的她對較緊身的衣服絕不考慮。她在寬大的衣服中搖抖著，好像果凍突然落在盤子上一樣。不過她並不虛弱，也不做作，走路平穩，有定速。假如不看她的腿，就有點像流水過河似的。

我看看跟在她後面的女郎，女郎也看看我。

女郎的膝部直直的，腿修長的，走起路來有點膽怯的樣子，所以把全部心情和體重放在腳尖的部位。我看得出如果我大叫一聲。一定會嚇得她兩步跳出辦公室的門。她有深棕色眼珠，健康的麥芽色臉色，也許是粉的化妝色，專為美好身段剪裁的衣服正適合她曲線，值得一看再看。

卜愛茜自管她的打字工作，一刻也沒有停。

柯太太打開她私人辦公室的門，說道：「請進，請進，赫小姐。」而後看著我，用相同的聲調說：「等著，五分鐘之後，我有事找你。」

門被關上。

我儘可能使自己舒服輕鬆地等著。

過了一陣，愛茜桌上的話機發出嗡聲。她停下打字，拿起話機接受指示說：「好的。」放下話機，向我點一下頭說：「她要你進去。」在我離開椅子之前，打字機的聲音早已繼續響起。

我開門第二次走進這間私人辦公室，柯太太的身體塞滿了她的迴轉辦公椅，上半身向前，雙肘靠在辦公桌上，正在說：「……不，親愛的，我不在乎你說多少謊，早晚我們反正找得出真相的。時間越久，你付的錢也越多……喔，這位是賴唐諾。賴先生，這是赫小姐。賴先生跟我工作沒多久，但是他有經驗，他會辦理你的案子，會辦得很好。」

我向女郎一鞠躬。她心不在焉地笑了一下，好像有些要求不易開口。

柯太太完全不緊張，雙肘仍依靠在桌上，這種不動的姿態使她看來更為肥胖。瘦人往往不停動作以減輕情緒壓力。柯太太這種胖人坐下來就是安靜，像一座白頭的山有不肯動的架勢。

「坐著談，唐諾。」她說。

我坐下來，以一個專家立場來觀察赫小姐——美腿，聳鼻，尖下巴。平而美的前額蓋著大鬈的棕髮。她內心完全被某項先入的事所牽引，對目前的環境稍有失去注意力。

柯太太對我說：「你看了報紙嗎？唐諾。」

我點點頭。

「你看到韓莫根的消息嗎？」

「一點點，」我說，一面仍注視著赫小姐的吸引力。「他──大陪審團正在找他？牽涉到吃角子老虎醜聞案的主角是嗎？」

「不算什麼醜聞。」柯太太用理所當然的語氣：「城裡多的是不合法的吃角子老虎機器，這邊那邊到處都有，當然警察要有好處才不被取締，法庭沒有證據找警方麻煩，他們通知他出來做證人，他沒有出庭。法院在找他，要拘提他作證。就為這些小事。假使他出證，總有幾個警官會倒楣，他若堅持不到，就什麼事都沒有。我不知道為什麼大家要以醜聞來談他，在我看來這是件平常，普通的事件。」

「我是重述報上的標題。」我說。

「不要相信報紙，唐諾，這是很壞的習慣。」

「韓莫根怎麼樣？」我問，一面看到赫小姐還沉浸於自己的思路中。

「韓莫根有一位太太，」柯太太說：「她的名字叫──叫──」她轉向赫小姐，「親愛的，把文件給我。」她必須說第二次才突然拉回赫小姐的注意力。赫小姐打開皮包，拿出幾張經摺疊公文樣的文件遞過桌來。柯太太拿起文件平靜地接連自己打斷的話題：「叫做仙蒂。韓仙蒂早想與韓莫根離婚。這次事件發生對仙蒂更為有利。因為韓莫根不可能公開出庭為離婚案辯護。唯一的困難是不知他躲在哪裡，開庭傳票無法送達。」

「從法院的立場看來，他是個逃犯囉？」

「法院倒不一定算他逃犯，」柯太太說：「不過他在逃避什麼倒是一定的，好幾方面的人都在找他。」

「我可以做什麼？」我問。

「想辦法找到他。」她把文件推過桌面移向我。

我拿起文件，其中有韓仙蒂控訴韓莫根申請離婚開庭傳票正本，給韓莫根的副本，申請離婚訴訟狀和條件。

柯太太說：「送達出庭傳票不一定經由法院公職人員。任何美國公民，廿一歲以上，只要與訴訟雙方皆無利害關係都可送達。你找到他，給他看一下正本，把副本和那些文件給他，回頭自己寫一份送達證誓書就完成手續。」

「我又憑什麼找得到他？」我問。

赫小姐突然回答：「這，我可以幫忙。」

「當真我找到了他，」我問柯太太：「他會不會拒絕——」

赫小姐很快的打斷：「他不會甘心願意的，我擔心動起粗來賴先生會吃虧，韓莫根他——」

柯太太冷冷的搶著接下去：「這點不成問題，讓唐諾去傷腦筋好了，我們總不能一天到晚把他牽在裙子邊上保護他。」

我已料到早晚終將被柯太太解僱。我也就不太在乎。「我只是在收集必要的資料。」我說。

「你所需要的資料都已告訴你了。」

「我看不見得，」我告訴她：「再說這些資料的來源我也不太滿意。」

她根本沒有當我也在場，打開桌上的菸盒子說道：「要不要來支菸？赫小姐——你叫什麼名字？親愛的，我不太記人家的名字。」

「艾瑪……」

「來支菸如何？艾瑪。」

「不要，謝謝，現在不要。」

柯太太自己點了一支說道：「正如我已經說過，唐諾，你去找到韓先生，你送達傳票。艾瑪會幫助找到他——囉！你可能想知道艾瑪和這件事有什麼關係。她是韓太太的朋友——到底是朋友還是親戚，親愛的？」

「不是親戚，只是朋友。」赫艾瑪說：「仙蒂在結婚之前和我分租同一住處。」

「這是多久以前的事？」柯太太問。

「兩年前。」

「現在你住哪裡？」

「和仙蒂住一起，她有個公寓有兩間臥房，我住她那裡，她的哥哥要從東岸來，事實上今天來，韓莫根開溜後我才來洛杉磯陪她。」

「你當然見過韓莫根？」柯太太問。

「不！」赫艾瑪說：「我沒見過他。我根本不贊成找私家偵探，有關莫根的一切都是仙蒂告訴我的。對於這些事情我們可以不必討論。反正由我來幫你找人，你們送達傳票。」

「可以，」柯太太說。「反正這些事與我們要辦的案子無關。對本社說來，我們派人送達傳票，就結案收費。」

我看到艾瑪眼光中亮出交涉成功的笑意。

「我講話很直，請不要介意。」柯太太說道：「我穿衣服也要寬大舒服，說話也喜歡沒拘束，所以我會胖。其實我柯白莎也有過十年只吃青菜、脫脂奶、黑麵包。我也用束腰，注意曲線。花一半的時間站在磅秤上看體重。為什麼呢？是為了找個丈夫。」

「找到了丈夫嗎？」艾瑪很有興趣地問。

「有。」

赫小姐客氣地保持靜默，柯太太發現她可能的想法說：「完全不是你想像中的結果——老天！這不是討論我私生活的時間和地點。」

「非常抱歉。」赫小姐說：「我完全無意打探你的私生活。只因你提起了，我就十分好奇。我自己也有自己的困擾，一家不知一家事，我也管不了別人的私事。我覺得一個女人下定決心維持一個美好的婚姻，一定可以製造一個美好的家庭。她丈夫哪裡也不想去，只喜歡留在家裡，兩個人——」

「可是女人為什麼要為任何一個男人犧牲那麼多？」柯太太用並不激動的語氣打斷她的話：「世界是屬於男人的嗎？」

「不過女人生來就應該這樣做的，」艾瑪說：「這完全是生物界的現象呀！」

「假如你對生物有興趣，」柯白莎從眼鏡上面望向她：「你真該和唐諾多聊聊，他對微生物求愛天性知道得一清二楚。」

「人不是微生物。」艾瑪說。

柯白莎嘆氣，她胸腹的脂肪再度有果凍的動態，她說：「我的婚姻對我一生影響最大，終有一天唐諾會聽到一點我怎麼對付我的先生，可能我自己會告訴他整個故事。不過我會在下班的時候告訴他，除非用親愛的——你的時間。可是千萬不要以為你對男人下跪，給他擦鞋就可以收到他的心。有這麼一天，另外一位小騷貨用她藍藍的大眼向你丈夫一瞟，你就發現你不該洗衣服把手洗粗了，做家事做出繭來了——每個女人都以為自己先生不會這樣的，其實，所有的丈夫都是一樣的。」

「可是，柯太太——」

「假如你想多知道一點，你可聽聽我的遭遇。你也聽聽！唐諾，對你將來有好處。」

「對我不發生什麼關係，」我說：「我只想，你能夠——」

「聽我的，」她說：「我是你老闆，我講話不可以插嘴。」她轉向赫艾瑪又道：「對丈夫不可以有空想，否則你終生吃虧。我丈夫就是一個常見例子，我節食，我也怕老，從餐桌對面看他猛吃，又是大魚大肉，又是奶油水果，咖啡隨便加糖，他胖不胖無所謂。每次他拚命加餐的時候，我肚子猛叫，手中總是慢慢撥弄幾片生菜消磨時間讓他吃飽。有這麼一次他說要到芝加哥出差，我有點懷疑，請了一個私家偵探調查。他帶了他的秘書去亞特蘭大，星期一早上，我們在早餐時，我得到電話調查報告。」

赫艾瑪睜大了眼問道：「你就離婚了？」

「離婚？免談！」柯白莎說：「我為什麼跟這龜兒子離婚？他是長期飯票，我們有了新協定，他繼續供養我，我不斷的吃。他還和染成金髮的秘書交往。直到有一天她反過來敲詐他。這當然損害了我的權益，我給了她真正的顏色看，她滾蛋的時候耳朵差一點給我扯了下來，我就自己給我先生另外選了一個秘書……」

艾瑪笑著說：「一定是一點也不像女人的囉？」

「你想錯了，」柯太太說：「哪個時候我已相當肥胖，決定放鬆亨利一點，我選了一個認識已有三年非常漂亮的女秘書給他，不過我有足夠的把柄知道她不敢敲詐亨利。我到現在不知道他們倆個有沒有親密過。我知道亨利見不得女人，也知道這個女人愛好勾勾搭搭，但她是個能幹的秘書，亨利也喜歡用她，亨利很高興，我也高興愛吃什麼吃多少都可以，因而皆大喜歡，直到亨利死亡為止。」

室內靜寂無聲。

白莎眨著她圓圓顯得過小的眼睛，我不能確定這是一種姿態抑或眼角中有淚水。突然，她轉回她的業務：「你要本社給你送達法院開庭傳票，我們就給你滿意的服務，還有別的要求嗎？」

「這就可以了。」赫艾瑪說。「當然還有經費多少的問題。」

「這位韓太太有錢嗎？」

「不是很有錢，不過……」

「開一張一百五十元的支票，」柯太太不等她說完趕緊道：「支票抬頭柯白莎，我派人去領，只要支票兌現，唐諾會幫你找到韓莫根，給你們送達傳票。假如一、兩天之內完成任務，一百五十元還是照收。超過一個星期假如還找不到韓先生，每超過一天以廿元一天計算。不論結果如何，一百五十元是絕不退款的。老實說，七天要是找不到也就不必再浪費錢，就是找不到了。」

「但是你們一定要找到他為止。」赫艾瑪說：「這是很重要的。」

「聽著，親愛的，所有的警察都在找他，我不是說警察找不到我們也找不到，不過花費是一定很高減不下來的。」

「警察是在找他，不過沒有仙蒂幫忙，仙蒂能——」

「仙蒂知道他在哪裡嗎？」

「不知道，仙蒂的哥哥可能有線索。」

「仙蒂哥哥是什麼人？」

「他姓湯，湯百利，他肯幫妹妹仙蒂忙，仙蒂現在在火車站接他從東岸來，他知道莫根女朋友住哪裡，從他情婦那兒當然可以追蹤到他的蹤跡。」

柯白莎說：「好！你準備好鈔票，我們就開始。」

赫艾瑪一舉她的皮包道：「我現在付你現鈔。」

「你怎麼會找上我的？」

「仙蒂的律師說你注重效果，他說你接受其他偵探社有時不接的案件——離婚呀什麼的，而且——」

「是哪位律師？」柯白莎又打斷她的話：「我根本忘了看看他姓什麼，唐諾，給我這些文件——噢！免了，唸給我聽是哪位律師。」

我看文件最後，「薛考德。」我說：「辦公室：寶塔大廈。」

「從來沒聽說過，」柯太太說：「不過他倒知道我，我什麼都接。離婚案、政治案、任何大小案件，鈔票總是鈔票。」

「他有位朋友，是你親自為他辦的案。」

柯白莎說道。「親愛的你不要誤解，我不會替你去送達傳票，我也不會手裡拿了傳票大街小巷亂跑，我聘僱別人做跑腿的工作，賴唐諾是我的腿。」

電話鈴聲此時響起，她傾身向前同時說道：「希望有一天有人發明不打斷人說話的電話，哈囉，哈囉，愛茜，什麼事？……好，我請她來接。」

她把話機推到辦公桌角上說道：「你的電話，艾瑪，女人打來的，說是緊急事情找你。」

赫艾瑪走到桌旁，拿起話機說道：「哈囉！」

電話裡不斷的響出聲音，我看到艾瑪臉上緊張的表情，她說：「老天！」又注意聽了一會兒，問道：「那你現在在哪裡……好，你馬上回家嗎？我也立即回家，家裡見，我可以立即回來……是的，她已經指定一個助手辦這件案子，不，不是她自己辦，她自己不辦案，她也有困難——」

柯白莎說：「不必客氣，告訴她我太肥。」

「她——她太肥了。」赫艾瑪說道：「噢！不是，是太胖了，肥胖的肥——對，對——不，是個年輕的男人，好！我帶他回來，你希望幾點到，好，不要掛斷——」

她一手拿著話機問我：「你能立即跟著我走嗎？我說柯太太會准你立即跟我走嗎？」

這個問題是由柯太太回答的，她說：「可以，你愛怎麼差遣他都可以。親愛的，給他一個項圈。拿條鏈子牽著他，在我看來，我已經把他租給你了，他是你的了。」

「好！我帶他回來。」艾瑪對著電話說完，掛上話機。她看著白莎，說話聲音還因為電話中獲知的事情而緊張著。

「是仙蒂，」她說明：「她在車站接到她哥哥，回家路上發生車禍，她哥哥撞上擋風玻璃，她從醫院急診室打電話，她說她哥哥知道莫根情婦的一切，不知道為什麼不太肯講，她說一定要強迫他說出來。」

柯白莎說：「可以，賴唐諾知道怎麼給他一點壓力，他很有辦法，你怎麼說，他怎麼辦，只有一點你不要忘記，本案即使明天辦完，一百五十元是不退的。」

「完全諒解，」赫小姐說：「那我現在付你現鈔。」

艾瑪拿出一疊鈔票開始數錢，趁這個時間我就詳細閱讀這些文件。歸根結底這些文件都有現成公式好套，大家都相差無幾。無非姓名、地址、結婚時地、要求離婚原因、財產計算及贍養費請求等，本案沒有子女問題。

我專注在離婚原因上，主因是虐待，據說韓先生用拳、用掌打她。有一次因為她行動慢了一點被先生自汽車中推到人行道上，他罵過她「母狗」及「妓女」，使她經常受到精神肉體無法忍受之痛苦。

我抬頭看到白莎正在凝神看我，她兩隻眼睛所夾的鼻根皺起，她在對我仔細研究。一百五十元現鈔已經在她的前面。

「請你數一數。」赫艾瑪說。

「不必了。」白莎把錢用手掃進一隻抽屜，用電話指示卜愛茜：「等一下赫小姐出來的時候，給她一張收到韓太太仙蒂一百五十元的收據。」

她掛上電話對赫艾瑪說：「一切手續完成。」

赫艾瑪起身看著我，我跟著她離開辦公室，卜愛茜已把收據準備好，把收據正本自原冊上撕下，交給赫小姐，自己又回到打字機的世界。

當我們經走道走向電梯的時候，艾瑪看著我說：「讓我先對你說幾句話。」

我點點頭。

「我請你瞭解我，我想像得到你的感覺，尤其柯太太說把你出租給我，看起來把你當應召男或者哈吧狗一樣。」

「謝謝。」我說。

「仙蒂告訴我醫生大概還要一個小時的觀察才能放她哥哥回家。」

「你想用這一個小時與我談談？」我問。

「正是這個意思。」

電梯在這層停下，她問：「午餐會不會早了一點？」

我想到那二毛五分的早餐，跟她走進電梯。

「也許有館子開門了。」我說。

第三章　離婚條件

我們坐在側街一家德國女人開的小而幽靜餐廳裡，我是第一次來。艾瑪最近五六個月經常光顧這裡，菜色做得非常好。

「告訴我，你在那裡工作多久了？」艾瑪問我。

「你問在偵探社？」

「是呀！當然。」

我說：「大概三個小時。」

「看得出來，想你一定失業很久了。」

「沒錯。」

「像你這樣斯文的人怎麼想到做——我的意思是你有什麼特別經驗——嗯——或者我不應該問這個問題。」

「你是不該問，」我說。

她靜坐了一會兒，又說：「我要給你一點錢，讓你可以去付帳，以後我們一起吃飯也照這種方法辦，在你的立場看，我去付錢不太好看，作為一個男人也許你還要反對——」

「不要為我擔憂，」我還是帶著笑容：「我所有的自尊心早已離我遠去，剛才你已經親自見到過。」

「你不可以這樣自暴自棄。」她反對我的說法，眼中充滿了她也傷心的成分。

我說：「你有沒有一個人走在街上，肚子餓得要命，不敢向別人求助，每個你以前認識的人都不敢沾你，怕你占他們便宜。」

「沒有，」她說：「我沒有這種經歷。」

「試一次，」我告訴她：「就和自尊心再見了。」

「我覺得你不應該自認失敗了。」

「沒有。一點也沒有。」我很禮貌地回答。

「我不贊成你帶諷刺的語氣。賴——我以後不稱你先生，我叫你唐諾，你可以叫我艾瑪，我們兩個人要合作辦事，我建議應該取消太過禮貌的客套。」

「再告訴我一點我們兩個要合作辦的事。」我請求。

她的眼中有一陣詭異的表情，有點無助，甚而有點懼怕。

「唐諾，請告訴我，你從未有過一點做偵探的經驗，是不是？」

我把壺裡最後一滴的咖啡倒進杯裡說道：「今天的天氣真是好。」

「我就知道我料得沒錯。」

「什麼料得沒錯。」

她笑著：「今天天氣真好呀！」

「我們扯平。」我說。

「唐諾，我真的不想傷害你的感受。」

「不會，我的感受傷害不了的。」

她湊過桌面說：「唐諾，我希望你能幫助我。」

「柯太太告訴過你，」我說：「給我裝個項圈，用條鏈子。」

「唐諾，請不要這樣子，我知道你不高興，不要報復在我身上。」

「不會，不會，我只是提醒你，這是一種商業協定。」

「我希望商業外也有私人的成分，你是受僱來給莫根送達傳票的，這案子裡還有許多枝節你應該瞭解，我也有些地方要你幫我一點忙。」

「講呀，」我說：「現在就是聽你的。」

她說：「吃角子老虎事件已把莫根完全陷住了，是個老故事。玩法、賄賂、貪污和腐敗，吃角子老虎的利潤很大，本州又是嚴禁的，莫根是黑社會組織用來專門應酬警方的。」

「除此之外有沒有什麼特別的麻煩呢？」我問。

「我也弄不清楚，」她說：「這是我第一次管這種閒事，我有點怕，仙蒂改變得太多了。」

「跟什麼時候比，她改變太多了？」

「與兩年之前的她比較。」

「換句話說與她婚前相比改變得太多了。」

「是的。」

「她結婚前你見過莫根嗎？」

「沒有，至今我都沒有見過他，他不歡迎我。」

「為什麼？」

「我想仙蒂常利用我做擋箭牌，他們結婚後仙蒂常給我寫長信，仙蒂是在渡假的時候，遇見嫁給他的。她省了三年積點錢去夏威夷渡假，在船上遇見韓莫根，在火奴魯魯結婚，她打電報辭去了她的舊職。」

「她利用你做什麼擋箭牌呢？」

「各種各樣的事。」她回答。

「舉幾個例聽聽，她又有什麼不對的行為要掩護呢？」

「以男人看來莫根是老式的，非常妒忌的，他常指仙蒂有展視狂。」

「她是不是很浪漫呢？」

「當然不是，仙蒂很天真、新潮，對自己的身體也不會故意去掩飾。」

「結婚之前韓莫根應該知道呀。」

她笑著道：「男人喜歡女人只對他一個人新潮，對別的男人也新潮就產生了麻煩。」

「仙蒂責怪是你的錯？」我問道。

「不是仙蒂，我想莫根責怪於我，他認為有人給她壞的影響。我曾與她同房居住，所以莫根認為要由我負責。」

「據你看仙蒂什麼地方改變最明顯呢？」

「我也說不上來，她心腸變硬了一點，很警覺，很計較，有一種『講的與想的』不一樣的感覺。」

「你什麼時候注意到這種改變？」

「重逢第一天我就發現了。」

「那是哪一天？」

「一星期之前，當這件事發生後她寫信給我，邀我來與她共處一段時間。」

「你有自己的工作？」我問。

「現在沒有了，連回頭也不行了，我放棄工作來陪她一段時間。」

「你認為這樣做，值得嗎？」

「仙蒂說在這裡也可以找到工作。」

「以前你在哪裡工作？」

「堪薩斯城。」

「堪薩斯城也是你遇見仙蒂，與她共住一室的地方嗎？」

「不是，仙蒂與我共室是在鹽湖城，她在夏威夷和韓莫根結婚後並沒有回來拿她的東西，我託運她行李到堪薩斯城他們的住處，過不多久莫根離開堪薩斯城到這裡洛杉磯來，我又正好在堪薩斯城找到了一個新工作，我去堪薩斯城時莫根可能已經離開了，我與仙蒂一度失去了連絡，莫根那種人東跑西跑，每到一個地方不久就不能不離開，你知道，各方都變得很棘手，像這裡一樣，不過這次是最壞的一次而已。」

大塊頭的德國女人過來問我們還要不要加些咖啡，艾瑪不要，我說還要些，她拿走我的壺去加咖啡，我說：「看來你想告訴我一些事情，你為什麼不講呢？」

「我一直對仙蒂非常友好，」艾瑪說：「熱度至今未減，結婚使仙蒂改變太多，這就是她和莫根的婚姻生活！」她神經兮兮地笑著說：「你別說我傻，莫根把仙蒂的一切作為怪罪於我，我要說仙蒂的改變皆因莫根而起，我——」

「拜託！」我說：「只要實情，仙蒂有什麼改變，她有沒有什麼外遇？」

「即使有也不是她的錯，」艾瑪熱心地批評：「莫根對她並不真心，結婚不到幾個月仙蒂發現他養著一個情婦，現在還沒斷。」

「同一個女人？」我問。

「不是，他連對情婦也不能專情。」

「依照你自己早上的理論，」我說：「也可能是仙蒂不會理家，她不會——」

「唐諾！」她中止我的話：「不要這樣講。」

德國女人帶來我的咖啡，我說：「好，我不要這樣講，不過你知道她男朋友一大堆。」

「有的也不是她自找的，莫根也塞了不少給她。」她說：「他有很多賭徒朋友、政治性朋友，帶到家中招待。他不斷要仙蒂不要那樣古板，用點性感，要讓這些朋友盡興，他們如何如何重要，這種時候他又希望仙蒂是派對女郎。」

「當然，」我說：「她是你的好友，你不會說她壞話。我們不爭這一點，說點其他的。」

「什麼其他的？」

「其他那些使你擔心的事。」

「我想她藏有一點莫根的錢。」

「藏在哪裡？」

「這些本來是賄款，可能用她的名義租有保險箱，或用她的假名租有保險箱，莫根把錢交給她，由她存起來。賄款沒有都付出去等於黑吃黑，現在仙蒂不願意還給莫根。」

「噢！」我說：「她也來一個黑吃黑。」

「能怪仙蒂嗎？」她說：「他是活該。」

「我不知道，」我說：「至少現在還難講。」

「我告訴你，是因為我有點怕。」

「怕什麼？」

「各方面都可能出事。」

「韓莫根？」

「嗯。」

「仙蒂怕不怕他？」

「仙蒂不怕他，這使我非常奇怪，仙蒂本來應該怕死他才合理。」

「你看過離婚條件嗎？」

「有。」

「有沒有看到現有的一切她都要囊括，保險費要提現；房地產要即售；贍養費、律師費要先收暫付款，另加共同財產之均分及每月贍養費的討論等等。」

「這些都是律師放進去的，律師都一樣。」

「仙蒂這樣告訴你的？」

「是的。」

「你要我做什麼？」

「你對仙蒂的看法是對的，她敢作敢為，要什麼就非達到目的不休。」她說：「有這麼一次，一個男朋友不肯回家，仙蒂拿高爾夫球棒揍他，要不是我在現場，真要出事，其實這還不能算朋友，只是認識而已。」

「講下去。」我鼓勵她。

「我覺得仙蒂有什麼內幕計謀沒有告訴我，她要占莫根的便宜，這也許很危險，我希望你看穿這些，讓仙蒂不吃虧，可是不能過火。」

「就為了這些？」我問。

「是的。」

「你自己怎麼樣？你自己有什麼需求呢？」

她仔細地凝視我一會兒，慢慢地搖頭說：「沒有。」

我喝完我的咖啡說道：「隨便你，你並沒有把我當真正朋友看待，假如我有好幾年偵探經歷的話，你可能吐露出你自己到底在想什麼，你顯然對我沒有信心。」

她想說什麼，又改變想法，保持靜默。

「隨你，去付你的帳。」我又說：「我們去看她的哥哥，看她哥哥說些什麼。」

「我告訴你的，你不會對別人講吧？」

「你沒有告訴我什麼呀，你說她哥哥叫什麼來著？」

「名字叫湯百利，但仙蒂總叫他阿利。」

我對德國女人做了一個結帳的表情，對赫艾瑪說：「我們去看阿利。」

第四章　知妹莫若兄

假如赫艾瑪有這公寓的鑰匙，她顯然沒有利用它。她站在屋門前用戴了手套的右手食指按著門鈴。應聲開門站著看我們的年輕女郎廿餘不到卅歲，穿著充份強調其曲線的衣服，黑髮，大而有表情的黑眼，高顴骨，大紅大紅的厚唇，她的視線飄過艾瑪注視著我，好像我是她們新買回來的一匹馬。

赫艾瑪說：「仙蒂，這是賴唐諾，他替柯氏偵探社工作，他要為我們找到韓莫根送達傳票。車禍怎麼樣？嚴重嗎？」

韓仙蒂不太相信地看著我說：「你不太像個偵探。」同時向我伸出手來，她伸手的樣子有點特別，有點整個人送過來似的。

我用手指握住她送過來的手說：「我儘量不使自己突出。」

「賴先生，我真高興你來了，」笑聲緊張勉強，她說：「最好能快點找到莫根，你當然知道原因——請進。」

我讓開，使艾瑪可以先進屋子，客廳很大，長窗有厚簾掛著，天花板間接的燈光不明亮，腳下有地毯，椅子分佈的地方香菸及菸灰缸都很現成，是一間有人情味的房間。

韓仙蒂說：「豪啟在這裡，我幸好遇到他——艾瑪，你沒見過豪啟吧？」

「豪啟？」艾瑪疑惑地問著。

「何豪啟，你知道的呀，何醫生，我結婚的時候他才畢業，他現在在醫院服務，不可以開業出診，當然處理阿利沒關係，都是一家人。」

從艾瑪的笑容，我知道艾瑪從來也沒有聽到過什麼何豪啟，想像中得知仙蒂隨時可以介紹新的暱友，像變戲法一樣。

「請隨便坐，」韓仙蒂對我說：「我去看看阿利能不能講話，真是亂糟糟！對方車子轉彎也不減速，直衝過來我一點辦法也沒有，阿利硬說對方是故意的，要不然怎麼可以逃走，我好在有方向盤在前，可憐阿利一臉衝向擋風玻璃，醫生說他鼻骨斷了。艾瑪，我給你電話的時候，他們還不知道他鼻骨斷了。——賴先生，請坐，隨便找張椅子，選舒服一點的，自己找菸抽，對不起，我跟艾瑪失陪一下。」

我選了張靠椅，把雙腿放在矮凳上，點了支菸試著用煙圈打天花板。白莎賺她的廿元一天，我反正肚子不餓。

從那間臥室中，傳出各種聲音，先是男人低低不清的話聲，膠布撕裂的聲音，仙蒂快速低到幾乎聽不到的聲音，偶而艾瑪插一個問句。過了一會，韓仙蒂出來對我說：「我請你跟我哥哥談談。」

我弄熄了菸頭，跟她走進臥室，一個三角臉型的年輕人，前額和眼部較寬，下頦尖一點，繃帶膠布在他手中明顯是個內行。另外一個男人斜在床上斷續低聲咒罵，鼻子的部份只見到副本，紗布和膠布。黑色長髮中分並垂向平額兩側，頭頂有兩寸直徑全禿，膠布自鼻部放射狀伸展。兩眼有點藏在蜘蛛網後的感覺。

從他臉上看不出他身體結構會那樣厚重，他的胃部突出。背心幾乎已扣不住，兩隻手瘦小。十指細長，大概比他妹妹年長五歲或六歲。

韓仙蒂說：「阿利，這個人要負責送傳票給莫根。」

他看著我，膠布縫中透出貓樣的藍眼珠。

「老天！」他說，過了一下又說：「叫什麼名字？」紗布繃帶後面的聲音好像在說：「開什麼玩笑！」

「賴唐諾。」我告訴他。

「我要跟你談談。」他說。

「這樣最好，」仙蒂表示：「阿利，時間最重要。莫根隨時可能溜到國外去的。」

「他要出國一定先通知我。」阿利說：「怎麼樣？醫生，都弄好了吧？」

年輕的醫生把三角頭側向一側，好像畫家才完成一件藝術傑作似的。

「目前可以了，」他說：「不可激動，突然升高血壓可能導致出血，三天都要服用緩瀉劑，每四小時量次體溫，有熱度時要通知我。」

「好！你們統統出去，」阿利說：「我要跟賴談談，快點仙蒂，艾瑪你也出去，去弄點酒喝，出去。」

他們像一群小雞一樣被趕出去，醫生也失去了他的病房優越感跟這些母雞一起通過房門，不知什麼人帶上了房門，藍眼睛再度對著我。「你是律師事務所的？」他問。

聲音有點像毛巾窩住了鼻子，我起初有點難於明瞭。

「不是律師事務所，是私家偵探社。」

「你和仙蒂很熟悉嗎？」眼神中充滿懷疑，這種懷疑當時我一點也不明白他的原因。

「五分鐘以前我有生第一次見到她。」

「你又對她瞭解多少？」

「除了那赫小姐告訴我的之外什麼也不瞭解。」

「那赫小姐告訴你什麼？」

「不多。」

「她是我妹妹，」阿利說：「我本該支持她，老天！她缺點太多才使這件事越來越糟，她對她先生不公平，只要男人在身邊她就靠不住，至少要維持半打以上男朋友她才快樂安心，結婚對她沒有束縛，我行我素。」

「這時代的女性都差不多。」我輕鬆地說。

「你好像太快幫著她辯護了——以你才認識她五分鐘來說。」

我沒有回答。

「我看你在騙我。」

「我不太習慣騙任何人，」我說：「我也不喜歡鼻子已經折斷的人說我騙人。」

他瞪著我，我看得出他面頰抽動，雙眼變窄問：「不占我便宜，是嗎？」

「對，我不忍心揍鼻子已經流血的人。」

「我就不懂什麼忍心不忍心，我就絕不猶豫。」

我直視他的貓藍眼珠說：「不會，我知道你不會。」

「鼻子破了就不敢主動作戰，這個時候打他最好，我才不會放過這種機會，打死一個算一個，看你小蝦一隻居然講起運動員精神，笑死人。」

他等我發表意見，我就讓他失望。

「仙蒂想要離婚，是不是？」等了一會，還是他先開口。

「大概是吧。」我說。

「要是莫根能發言的話，他也有很多的牢騷的，你有沒這樣想過。」

「我只負責送達傳票，」我說：「他有什麼話可以出庭向庭上法官講。」

「講什麼講！」阿利不耐煩地說：「他怎麼能自己去出庭？法院正要拘提他去做證，法官要追根問底，仙蒂為什麼拚命趕時間，為什麼不用報紙公開傳達呢？」

「公開傳達費時太久，」我說：「公開傳達也要不到贍養費。」

「她還要贍養費？」他問，又快快加上一句：「好像你說過你不是律師。」

「贍養費的事你可以問她或她的律師。」我說。「我是她請來送達傳票的。」

「公文你都帶著？」

「是。」

「我來看看。」

我把文件遞過去，他從床上撐起，說：「把手放在我背後推我一下——可以了，這樣很好——放個枕頭——很好，你也許覺得我這個做哥哥不是好兄長，我們的家庭與眾不同，我也不在乎你的想法。」

「你們付我錢不是叫我來發表想法。」我說：「付我錢是叫我送達傳票，對我私人而言，我也不在乎你的想法。」

「不錯，你還算有立場，坐在那邊去暫時不要打擾我。」

他拿起文件，一頁一頁看，一臉外行無法看透咬文嚼字法律文件表面和內涵的樣子，疑問不斷顯現在臉上，過不多久，他遞回給我，他的雙眼變細有心事地說：「看來她要法院裁定銀行保險箱內容全部歸她所有，對嗎？」

「我只知道文件的內容。」我說：「你已經看過文件，你知道得不比我少。」

「一板一眼，是嗎？」他問。

「我的任務是送達傳票。」我說：「你妹妹心裡怎麼想法，你為什麼不直接問她呢？」

「不急！我早晚會問她。」

「你知道她丈夫在哪裡嗎？」我問。

「我知道莫根的情婦，」他簡單地回答：「真是個好女人。」

「韓太太原可以把她扯進離婚案的，」我指出說。「但是她沒有。」

他笑，笑得不太自然，「你以為她不會？她恨不得把所有人都扯進來。」他說：「你不瞭解她，看一眼沒有用。」

他批評的是他妹妹，我不能表示意見。

「你單獨與我妹妹一起十分鐘，她不向你調情才怪，屆時也不必太驚奇。」

「我見多了。」

「我不過預言而已，我們家庭與眾不同，我不管她，她過她自己的生活，我過我的，她自私，貪心，過河拆橋，沒有禮教概念，不過她真可以吸引男人，她的一生就是拚命爭取她要的東西——老天，我應該要講的還沒有講，叫她進來吧！」

我在臥房門口說：「韓太太，你哥哥請你進來。」

我又問阿利：「要我去外面？」

「不，我要你在裡面。」

我站到床旁，韓仙蒂進來，熱絡地說：「阿利，什麼事，好一點了嗎？醫生留了點鎮靜劑，萬一你太激動——」

「不必假關心。——」阿利說：「還不是有目的的，知妹莫若兄，我早已看透你了，你想知道莫根情婦的名字，你要給莫根送達傳票，你想離婚，你想嫁給你最後一號情人，他是哪一位？那個年輕的輕浮醫生？我就看他不正經。」

「阿利！不要這樣缺德。」仙蒂一面說一面看著我。「我看你精神太緊張了，你不太舒服……」

「去你的不舒服，」他搶著說：「跟你玩在一起的男人才不舒服。仙蒂，我給你攤牌，你是我妹妹，我應該偏向你，正好莫根是我朋友，莫根現在落難，你也不必落井下石。」

「什麼人落井下石？」她反問：「我已經對他很客氣了，當真的講起來——」

「不會對你有什麼好處的。」阿利說：「想想看！莫根會怎麼說你，你看你自己，一身騷氣，我的鼻子破了，你還拖你新交的男朋友——還是一堆新朋友當中的一個？來做他的實驗品，那個『醫生』黃毛還沒有乾——」

「閉嘴！阿利。」她說：「何豪啟是個有為的年輕人，莫根認識他，是我們兩個人的朋友，我和他沒有特別關係。」

他諷謔地笑道：「莫根認識他？你說他是兩個人的朋友？朋友個屁！他來看你，莫根在家，他們兩個握手，他抽莫根的雪茄，這叫兩個人的朋友？他來的時候莫根不在家呢？你們怎麼消遣？」

「阿利，講我！講我！老講我！你又好在哪裡？」她說：「一臉你比我好的樣子，也讓我來說說你看，你那一個——」

阿利舉起兩隻手又快速收回兩次，阻止她地說：「注意你的嘴巴！注意你的嘴巴！我正想講到主題。」

「現在講，不然就不要講。」

「我給你找到莫根的機會，」他說：「你可以送達你的傳票，你也可以快快的離婚，不過我要看到莫根不能太吃虧。」

「怎麼叫不吃虧？」

「財產分割那一段太不像話，」他說：「你遇見他時自食其力，兩袖空空，結婚之後你也撈到了不少。房子付了足夠的房租，看著衣櫥裡那麼多的衣服，還有那輛車，最重要的還是你身材沒變，穿上那些花俏的衣服，你還可以到歐洲玩玩，釣幾條大魚嘗嘗，你那財產分割完全不合理。」

「你給他看的文件吧？」她問我：「你把全文給他看了？」

「沒錯。」我說：「是你叫我進來跟他談話的。」

她很激動地說：「笨也沒有笨到這種——」她停下，轉回向哥哥：「我對所有男人都已經絕望。」

「哈！哈！哈！」他故意做作地叫著。

仙蒂眼中冒火，但仍用平穩的聲音對她哥哥說：「你這種態度對我們都沒有好處，你看怎麼才能兩不吃虧？」

「我希望你找律師重新修改要求，我希望你們離婚就離婚，沒有什麼財務糾紛，你走你的陽關道，莫根走莫根的獨木橋，這樣才公平。」

「什麼財務糾紛？」

「銀行保險箱的問題等等，你——」

她責怪地向我說：「你該負責，你憑什麼給他看這些內容呢？」

「是我強逼他的，」阿利說：「我絕不會做傻瓜的，有一天莫根會東山再起，莫根會找到我，他也不是傻瓜，當然會知道是我提供那女孩的消息使你找到他，記清楚！千萬不要以為莫根是傻瓜。」

「我已沒有時間請律師重新來過，」她說：「再說這是法院正式公事，修改很費時。」

「你坐下來！」他說：「寫一張證詞，證明公文中雖有財產之分割，但實際上你只求離婚，你不要財產，證明你的律師在開庭時會聲明不對財產分割也不要贍養費，房子住到房租到期為止，衣物等已有者屬你，其他皆屬莫根。」

「證詞要來有什麼用？」

「莫根依此可以受到公平待遇。」

她紅唇橫成一線，雙目怒視臥床上的哥哥。他也以雙目盯視她的雙目，不像有分毫退卻之意，看得出不依他主意就不會合作。一、兩分鐘後仙蒂走到書桌旁粗魯地打開抽屜，抽出一本信紙，開始書寫。

阿利說：「不知這樣抽菸會有什麼味道，管他的，來一支試試。你有菸嗎？」最後一句當然是問我的。

我點點頭。

「點上了給我放在嘴裡，」他說：「看我現在這個鼻子，菸屁股非燒到嘴唇不可。」

我點了菸送到他唇前，他猛吸幾口：「味道好怪！」

此後，他靜靜地吸菸，仙蒂在桌上書寫，菸抽到一大半她也寫完了，重閱一遍，交給她哥哥。

「這樣你滿意了嗎？」她問：「為了一個酒肉朋友，把自己親妹妹出賣。」

他仔細讀了兩次說：「我想差不多了。」折起信紙東摸西摸，最後塞進了褲子後口袋，抬頭對我說：「現在輪到你了，去做你的工作，莫根女朋友的名字叫侯雪莉，住在磐石公寓，你去給她點顏色看，好好的給她點顏色嚇嚇她。指控她窩藏莫根，對她說你要拘捕她私留逃犯，告訴她仙蒂已提出離婚，會扣留所有莫根的財產。仙蒂自己寫了證明不要告訴她。你可以偽裝警官——不！你裝不像警官。反正這回事，要對她凶狠。」

「之後又怎麼樣？」我說。

「跟蹤她，她會帶你找到莫根。」

「莫根不去她住的公寓？」

「不去，莫根太聰明了，莫根和她保持聯繫但自己絕不會走進陷阱，他知道警方正在找他。」

我對仙蒂說：「有沒有你先生照得很好的照片？」

「有。」她說。

阿利說：「報上有他的照片。」

「我知道，」我同意道：「報紙上的照片往往不夠好，我已經看過報上的照片。」

「我有幾張自照的，也有一張照相館照的。」仙蒂說。

「自己照的比較好。」

「外邊請，唐諾。」她說。

我向阿利點點頭。

「祝你好運，賴。」他說，又伸展平臥到床上，嘴角要笑，被膠布牽制。「仙蒂，」他說：「一切弄妥了之後，把鎮靜劑給我送來，最多再有半小時，鼻子可能會大痛特痛——真可惡！開車也不會向前面看。」

「向前面看！」她說：「一會兒前你不是說人家故意撞你的嗎？你少講幾句，沒有人會以為你是啞巴。」

「省省，」他說：「你一定要在生客前面表現湯氏兄妹的優點嗎？」

她用手穿過我的手肘，一面拖向外間一面說：「雖然花時很多，到底還是講通了。」她用另一隻手把房門關上。

赫艾瑪用關切的眼神問：「弄到了嗎？」

仙蒂輕鬆地點點頭：「他敢不說出來！」又輕輕地說：「現在輪到我整這個賤貨，保證不太好玩。」

她帶我一直通過客廳來到另一臥室：「這邊來，賴先生。」

這間裡有兩張單人床，牆上有照片，傢俱昂貴，她說：「我五斗櫃裡有本相冊，你坐床上，我可以坐你邊上讓你選合適的相片。」

我坐在床邊，她打開抽屜，拿出一本相冊坐來我旁邊。
「我哥哥對你說些什麼？」她問。
「不多。」我說。
「他一定亂咬舌頭，我不管他是不是我哥哥，他是個爛舌頭。」
「我們要找一張你先生的照片。」我提示她。
她皺起鼻子做了一個鬼臉說：「不要忘了你是誰僱的。」
「我不會。」
「那說吧。」她堅持著。
我抬起眉毛做了一個不出聲的問號。
「我等著你告訴我，阿利說我什麼壞話。」
「不多。」
「他有沒有說我自私？」
「我不記得他正確的說法。」
「他有沒有說我花痴？」
「沒有。」
「嗯，」她說：「有進步，以前他常有這種想法，老天，他連何醫生也不放過，以為是我的愛人。」

當她看我沒有什麼回音時又問：「阿利到底懷疑什麼？他有沒有說我和何醫生有曖昧？」

「我真的記不得。」

「你的記性真差，是不是？」

「不太好。」

「看樣子也不是個好偵探。」

「不會是。」

「你為我工作你知道？」她問。

「我目前為一個叫柯白莎的女人工作，」我說。「我直接向她報告，我現在的任務是送達傳票給韓莫根；而且我想你帶我到這裡來是要選幾張韓莫根——也就是你丈夫的照片。」

「你太死板了。」

「非常抱歉。」

「其實，」她說：「我也不稀罕這些答案，我也知道答案是什麼，我們兄妹一直處得不好，但沒想到他把何醫生也要拖進去。」

「最好是有快照，」我說：「既沒有修底片又看得到側面。」

她幾乎把相冊捧在我腿上。她打開相冊，我幫忙翻。

第一張照片韓仙蒂坐在一張法國式鐵條長椅上，背景有人工瀑布、小松，前面有一條人工小溪，一位男士站在邊上用手扶在她肩上，她的雙眼看著他。

「這是莫根？」我問。

「不是。」她說，繼續翻著相冊。

她翻動很快，一面說道：「抱歉，我知道照片在這一本相冊裡，是一次渡假中照的。」她又翻了幾頁，「對了。」她湊向我指著說：「這就是。」

這是張很好的照片，照片中男士高高瘦瘦，身材非常好，黑色頭髮沒打分邊直向後梳露出過高之前額。

「太好了，這是我要的那種照片，」我說：「還有嗎？」

她用尖尖紅指甲挑開相角把相片起出說：「也許。」

她翻過幾頁一般常見的照片，有人在車裡，在門口，在對相機做鬼臉，而後她說：「這裡好多頁都是那次渡假時照的，我們女孩子有很多是穿泳衣的，你不要看。」

她翻起下面幾頁的角邊，先窺視一下，突然翻過三四頁找到另外一張，「這張沒有那張好，但可看到側面。」

我拿起它，與那張比較一下說：「謝謝，這就可以了。」

「不要別的了？」她問。

「夠了。」我回答。

她沒有站起來的意思，嘴唇半開著，雙眼好像望著遠方，是在想著什麼事情，忽然她說：「對不起，我要問艾瑪一件事。」

她自坐下的床上躍起，走向客廳，離開我單獨的捧著相冊，我把它丟在床頭。

她離開約兩分鐘，回來的時候艾瑪跟她在一起。

「也許你希望要一張報上的照片。」她說：「這裡有一張。」

她給我一張報上剪下的照片，照片下有說明如下：「韓莫根，角子老虎黑黨付賄人，檢方急望他能早日出面作證。」

我把照片互相對照，報上照片雖不清楚但顯為同一人。

韓仙蒂忽然拿起床上的相冊，兩手分握兩緣抱在胸前說：

「喔！我把這個忘了。」

赫艾瑪不懂地望著她。

「這裡面有很多泳裝照片。」她說：「我怕賴偷看了。」

我說：「我沒有看，我把照片帶回去面報柯太太，我們會和侯雪莉聯絡，一有消息就用電話給你報告。」

仙蒂說：「只有一點，傳票送達的正確時間我一定要知道。」

「送達成功我會正式向柯太太報告。」我說。

「這不是我意思，我要在你送達前一小時知道你什麼時候去送達。」她說。

「為什麼？」

「我有我的理由。」

「我想聽聽看，有什麼理由。」

「我覺得阿利會出賣我們。」

「我聽柯太太指揮，」我說：「你可以向她說明，我還先要回辦公室，時間上來得及。」

「你走之前把電話號抄去，艾瑪你可以用我的車送他回去，這樣省很多時間，再說賴先生要跟蹤那女孩就一定要用車，我另外有一部備用車，這車你們用好了，賴先生你有駕照嗎？」

我看著艾瑪說道：「有個人給我開車更好。」

「那就勞駕你了，艾瑪，謝謝你。」她說。

艾瑪說：「任何可以幫你忙的事我都做，你知道的。」

艾瑪走向梳妝台，刷頭髮，撲粉，伸長前脖抹口紅，高領襯衫下玉頸上一條明顯的刮傷露了出來，起初我以為是鏡子的反光，然後我看到暗深色的班痕——皮下出血。

仙蒂說：「我們出去讓艾瑪換衣服。」

「我就穿這套衣服。」艾瑪說。

「我給你倒杯酒，賴先生。」仙蒂邀我外出。

「謝謝，」我說：「我工作的時候不作興喝酒。」我沒有動。

「很敬業的？」她說：「也有時可以例外吧？」

「我現在是為你工作，」我指出。「花的是你的錢。」

「那隨便你。」她說，她的聲調與她想法不太吻合。

我提醒她：「你哥哥要醫生留給他的鎮靜劑。」

「喔！他可以等，誰侍候他，告訴我，他說我些什麼？」她再試著問，用的是非常女性化的表情：「他怎麼說豪啟？」

艾瑪從鏡子前把頭轉過來，用眼給我警告。

「他說何醫生是一個訓練有素的醫生，」我說：「他告訴我你有點不受世俗禮法約束，有點放蕩不羈，但是言出必行，勇於突破困境，開創新機。你們兩個在許多小地方互抱不同意見，但對外還是團結的，他說每次你有大困難時都會找他，他也永遠會支持你到底的。」

「他對你這樣講了？」她問。

「我從他談話中體會出這是他的意思。」我說。

她站在那裡盯著我，兩眼滾圓，她的表情我一點也分析不出來她在想什麼，甚至我覺得她反而懼怕、虛心。

赫艾瑪對我說：「我們走吧！」

第五章　被吊銷執照的律師

十二點差五分我回到辦公室，門外掛著紙牌說明停止應徵，但是應徵的還是不斷的來，我進門時就曾看到兩個人敗興而返。

卜愛茜已停止打字，她坐在辦公桌後面，左上側抽屜半開著，我進門的時候她把抽屜推上。

「怎麼？」我說：「中午時間看雜誌也禁止呀！」

她用雙眼看我，從頭到腳的看我，慢慢拉開抽屜又開始看雜誌，從我站立的地方可以看到那是一本電影雜誌。

「請你通知我們老闆，」我說：「〇〇七情報員等候報告。」

她從雜誌中抬起頭來：「柯太太外出用飯。」

「她什麼時候可以回來？」

「正午。」

我靠過她的桌子說：「如此說來我還有五分鐘要等，你要和我聊聊還是看你的雜誌？」

「有什麼值得聊的嗎？」

我看著她的眼說：「沒有。」

她的眼中閃過一陣有趣的幽默感，「我也最討厭有目的的聊天。」她說道：「抽屜裡是電影雜誌，我看過『雙城記』，看過『飄』，現在只想輕鬆，你想聊什麼？」

「我們從老闆聊起，」我說：「她幾點出去用餐？」

「十一點。」

「十二點回來，你的用餐時間是十二點到一點？」

「沒錯。」

我仔細看可以看到她比我初估要大幾歲。我最初以為她不到卅。現在看來應該已經出頭。她注意皮膚及體型，但耳朵後面的豎條，頦下的橫線洩漏自然的奧秘。

「赫艾瑪停車在黃線等著我，」我說：「要是柯太太回來的時間沒準，最好我下去通知她。」

「她準時，」愛茜說：「前後差不了兩分鐘。她特別重視『民以食為天』。她不會讓我到時餓肚子。」

「我覺得她很有性格。」我真誠地說。

「很性格，沒錯。」她說。

「她怎麼會吃私家偵探這行飯的？」

「她先生死了呀！」

「女人可以做的生意多得很呀！」我說。

「舉個例子看，像什麼？」她問。

「她可以做服裝模特兒呀。」我建議著又接下去問：「你跟她多久了？」

「從她開業。」

「這又是多久？」

「三年。」

「她先生過世前你認識她嗎？」

「我以前是她先生的秘書，」她說：「白莎介紹我去的，她——」

談話被走廊上腳步聲打斷。磨砂玻璃門上出現人影。柯白莎神采逸逸地走進來。

「輪到你，愛茜。你走吧！」她說：「唐諾，什麼事？」

「我要向你回報。」

「進來。」她說。

她擠進辦公室，兩肩向後，胸部臀部在寬鬆套裝內猛抖著。衣服也太薄了，當然室外天氣太熱。她倒不在乎。

「坐下來，」她說：「找到他了嗎？」

「還沒找她先生，見到了她哥哥。」

「還等什麼？去找他呀。」

「是要去。」

「當然你要去，你算術好不好？」

「怎麼講？」我問。

「我收了七天的定金。不論你工作一天或七天，我收入一百五十元。你今天找到他，我可以派你別的用處。算一算就懂了，快去找他呀！」

「我特地來向你報告。」

「我不要你報告，我要成效。」

「我也許要人幫忙。」

「幫什麼？」

「我要跟蹤一個女人，我已經知道韓莫根女朋友住什麼地方。我要對她耍狠，告訴她幾件事。跟蹤她去找韓莫根。」

「那還蘑菇什麼？」

「我安排了一輛車，赫小姐將幫我開車。」

「就叫她開。另外還有件事，」她說：「你找到莫根立即通知仙蒂。」

「這可能會影響傳票送達。」我說。

她不懷好意地笑著說：「沒關係。付錢辦法已有協定。」

「也許會把程序弄亂。那是一個少見的家庭，仙蒂的哥哥強調韓莫根會有很多意見。」

「我們不管這些狗屁事，我們送達傳票。」

「這我知道，我希望避免枝節。有沒有什麼證件可以證明我為你工作？」

她看著我想了一下，打開抽屜拿出一張印妥的卡。填上我的姓名，年齡及體型資料、簽字、膠封，交給我。

「給支槍好嗎？」我問。

「不好。」

「我也許需要保護。」我說。

「不好。」

「假如我需要保護？」我說。

「你自己保護自己。」

「有一支槍我自己有把握一點。」我說。

「你會保護過頭的，你偵探小說看多了。」

我說：「你是老闆。」走向門口。她說：「等一下，回來，既然你想為我工作，有些話我要給你說明白。」

我走回來。

「唐諾，我已經對你過去完全摸清楚了。」她用長輩樣的語氣說：「早上你看這些法律文件時自己洩了底。我看得出你有法律教育。你年輕，你出過問題，你不可能回法律界工作，我問你教育程度，你又不敢說清楚。」

我儘量不使我的臉色有改變。

「唐諾，」她說：「我知道你的真名實姓，我也知道你出什麼事。你因為違反職業道德被吊銷律師執照。」

「我沒有被吊銷執照，我也沒有違反職業道德。」

「律師公會期刊上這樣刊登著。」

對，就可以不受法律制裁。」

「他們看法不公平，我只不過嘴巴太大而已。」

「怎麼回事？」

「我與當事人討論法律。」我說：「法律有漏洞，研究透澈後犯法只要方法對，就可以不受法律制裁。」

「這有什麼稀罕，大家都知道。」她說。

「問題出在我不止講這一些，」我坦白地說：「我告訴他知道了不做就沒有用。我告訴他我研究出很多鑽法律漏洞的新招。我知道怎麼去用它。」

「講下去，」她眼睛顯出十分興趣地說：「又怎麼樣？」

「我告訴他謀殺一個人也可以不受法律制裁。他不相信，我要給他打賭五百元證明給他看。講好第二天大家湊錢找證人，可惜當晚他被逮捕了。他是個小流氓，他把這件事一五一十抖給警察，說我會教他鑽各種法律漏洞犯法，包括謀殺。他說為此要付我五百元。而且說假如真有可能他預備去做個職業兇手。」

「之後呢？」

「律師公會調查，停止發給我執照一年，他們以為我是法界敗類，我辯稱這只是鬥嘴和打賭。他們不相信。當然他們重視的是問題的另一面，他們不相信謀殺也有法律漏洞可以不受處分。」

「有這個可能嗎？唐諾。」她問。

「有。」我說。

「你知道怎麼做法？」她問。

「是，這就是我的缺點，我喜歡用腦筋想各種怪招。」

「你說你想出個方法，可以謀殺一個人，而法律對你沒有辦法？」

「是的。」

「你是說有辦法不被捉到？」

「我不是說這一類的方法，」我說：「必須要完全依我的方法一步一步地去做。」

「不會是找不到屍體這一類老方法吧。」

「那根本不是辦法，」我說：「我是指法律漏洞，也是目前法律的缺點，我們真可以利用來逃避一件謀殺處罰的。」

「唐諾，告訴我。」

我笑著說：「你不記得嗎？我做錯過一次。」

「停業什麼時候到期？」

「兩個月之前。」

「那你為什麼不去做律師?」她問。

「要很多錢弄一個辦公室、傢俱、法律書、還要等客戶。」我說。

「可以信用貸款呀。」她說。

「我現在沒有信用。」

「可以找法律事務所為別人做事呀。」她建議。

「不可能。」

「這些法律教育你用來做什麼呢?」她問。

「送達傳票。」我說完立即向後轉來到外間。愛茜已去吃飯。赫艾瑪在車中等我。她說:「再不出來,我向警察送媚眼也沒有用了。」

「好孩子。」我獎勵她:「現在去磐石公寓。我來對付侯雪莉。」

交通擁擠的大道上她必須轉頭看後望鏡。每次轉動,她高領襯衫下露出那觸目的紫痕,這是雙手扼住脖子留下的。

我沒有開口,我有太多問題需要細想。車慢下來時已經到了磐石公寓。

「要看我的了。」我說。

「好運。」她微笑著說。

「用得著。」

我穿過馬路，看著公寓門旁的名牌，按三一四「侯寓」的鈴。心裡想著假如無人應門，別的老經驗偵探要怎麼辦。就在有答案之前，開門聲響起。侯小姐在家，而且問也不問什麼人來訪，就開門請客了。

我聞聲推門。經過一個短短走道來到自動電梯。我關上電梯門。按鍵上三樓。

我正要敲三一四房的門，一個穿藍色絲質睡衣的女郎自動打開房門，同時說：「什麼事？」

她是個金髮碧眼型。但我估計金髮是染出來的。卅不到但接近，曲線從絲質睡衣裡向我示威。她有點不耐又問：「有什麼事？」

她的聲音還是全身唯一比較不細膩的東西。

「讓我進來。」

「為什麼？」

「有話講。」

「進來吧！」她說。

她正在為指甲美容，指甲油在沙發前小咖啡桌上。她坐回老地方，清閒舒服地坐著、拿起指甲刷。舉起一手注目地審視自己的指甲，根本沒有看我，嘴裡說：「有話快講。」

「我是個偵探。」我說。

這倒使她抬眼看我了。有一小段時間她眼中有不信任的表情，而後她開始笑了。看到我臉色不對，她停止嘲笑說：「你是個偵探？」

我點點頭。

「實在不太像。」她故作觀察狀以掩飾她突發的笑聲：「你看起來像極了放學回家找媽媽的好孩子，我希望我剛才笑出來沒有使你難過。」

「沒關係，我很習慣。」

「你說你是偵探，有何指教？」

「我受僱於韓仙蒂，你該知道所為何來吧？」

她繼續擦指甲油的工作，雙眼注視指端，間或搖動著手腕從反射的光線中看指甲油的厚薄。她慢吞吞地問：「韓仙蒂和我有什麼關係？」

「關係可能不小。」

「我不認識她。」她說。

「她是韓莫根的太太。」

「韓莫根又是誰？」

「你看不看報紙？」我問。

「看又怎麼樣？和我有什麼關係？」

「韓太太破壞力可能很大，尤其對你。」

「憑什麼？」她問。

「憑你的良心。」

她看我一眼又笑了：「我沒有什麼良心，早就沒啦。」

「韓太太要是狠心的話，可以把你拖進法院去。」我說。

「什麼理由？」

「破壞家庭，你是她丈夫的外遇。」

「證明起來很困難吧？要捉姦呀。」她問。

「這不是我來的理由。」

「你來做說客，那就說吧，我就聽你……一下子。」

「我只負責人家出錢叫我做的那一段。」

「那一段是什麼？」

「把離婚案法院開庭傳票，送達給韓莫根。」

「為什麼送到這裡來呢？」

「我認為你會告訴我他躲在哪裡。」

「我不會告訴你。」

「即使對你有很多好處？」

她的眼睛亮出興趣：「多少好處？」

「那要看韓太太弄到多少好處而定。」

「謝了，我沒興趣，那女人連一毛錢也拿不到。」

「她離婚條件可不簡單。」

「離婚不是靠單方的條件，是要靠法庭判決。那女人是娃娃臉的賤人，她從結婚第一天就欺騙莫根。莫根有機會出庭，只要講出十分之一她的事——喔！天，還是你講，我來聽。」

「韓太太離婚是離定了，」我說：「只要她願意，她可以把你牽進去一起告，證據也足夠，要不要牽進去靠你決定。」

「就這樣，是嗎？」她放下指甲油抬起眼皮。

「就這樣，簡單。」

她嘆口氣說：「你看起來還老實，來杯酒？」

「不要，謝謝，工作的時候我不喝酒。」

「你現在是工作時間？」

「是的。」

「我替你難過。」她說。

「倒也不必。」

「請問她威脅我要做什麼？」

「威脅？」我問。

「不是嗎？」她反問。

「絕對不是，我只是告訴你事實。」

「很友善的，像多年好友一樣。」她諷刺地說。

「的確是的。」

「聽你的話，我要做什麼？」她問。

「通知韓莫根我要向他送達傳票，或者安排我送達給他的機會。」我說：「事實上他們離婚你也實惠，不是嗎？」

「我不知道，」她思量著，面上的表情是憂心的。她說：「我也希望我能知道答案。」

我沒答腔。

「我怎麼安排能使你順利地送達傳票呢？」她問。

「你約會莫根，」我說：「你打ＭＡ六—九三二一告訴柯白莎，我就來當面送達。」

「我的好處呢？」

「就經濟價值而言，沒有好處。」

她連頭帶髮甩向後方大笑，真心的笑著：「好呀，小鬼，我就是要看你搞什麼鬼，現在我領教了。可以滾了，滾回去告訴韓太太她可以跳湖、服毒、上吊，就是不可以提我的名字，問問她那個小白臉何豪啟。她以為她先生是明眼瞎子？」

她的笑聲跟著我一起到走廊上。

我回到赫艾瑪等著我的車上，她問：「見到她了？」

「嗯哼。」

「怎樣一個女孩子？」她好奇地問。

「染成的金髮，」我說：「外表軟滑，心硬如鐵。」

「說點什麼？」

「她叫我滾。」我說。

「是不是你故意讓她這樣的？」

「差不多這樣希望。」

「當然，我瞭解你希望她生氣，趕你出來，而後她會引你去見到莫根。」

「這原本也是計畫的一部份。」我說。

「那女的是不是說了什麼你不中聽的了？」她試探著。

「無非是她對私家偵探的感想不對我胃口。好像都是窮途末路，混飯吃才幹這行，至少她認為如此。」

我爬進汽車坐在她旁邊。過了一會，我又說：「我們最好把車移到那邊巷口，我們看這邊一樣清楚，而且不易引起懷疑。」

她發動汽車移到巷口，找一個陰影處停下，說道：「你有頭腦，你不是混飯吃的。」

「謝謝鼓勵，」我說：「其實甘苦只有自知，言詞所補不多。」

「你去求職的時候想像中這是個什麼樣的工作呢？」

「根本沒有去想像。」

「你會不會想像私家偵探的工作是充滿冒險及羅曼史？」

「我只想到一日兩餐及免於露宿的可能性。我應徵的時候根本不知道這職位是幹啥的，幹啥對我關係不大。」

她用手輕握我前臂說道：「不要自苦太深，事實上這差事也不太壞。姓侯的女人是淘金拿手。莫根死活與她無干，她只是拚命搜括他。」

「我知道，」我說：「我只是不喜歡她對私家偵探的看法，我也不責怪她，只是不喜歡這件事。」

「但是你做了。」

「還可能很有效果。」我說。

她高興地笑，從內心的興奮：「你這樣說已經有很大進步，你對人生開始有正確概念，我最佩服。做一天和尚撞一天鐘，而且儘可能撞得比別人響。告訴我，你以前受過什麼打擊？」

「老天！我真的落魄到那麼明顯？」

「有一點。」

「今天開始我要力爭上游。」

「太好了，」她說：「你一定受過大的打擊。」

「差不多，」我說：「你努力許多年，克服很多困難，好不容易達到目的，只因為另外一個人打你一下，一切要從頭開始。」

「為了女人？」她問。

「不是女人。」

「願不願意告訴我？」

「不願意。」

她靜默地坐著，兩眼望穿擋風玻璃，手指玩著我的衣袖。

「派來個沒有經驗的偵探，你一定很失望。」

「你看出我失望？」

「是的，但是不知道你為什麼失望。」

「你怎麼看出我失望呢？」

我把身體側遠一點，使我可以見到她側面，說道：「你失望，因為最近有人想扼死你，你要有人保護你。」

我見到她上身不安地動了一下，眼睛睜大直瞪，手不自禁地握住頭頸好像要隔離我的視線。

「艾瑪，什麼人想扼死你？」

嘴唇發抖，眼角有淚，她手指抓我上臂更緊，我用手圍住她肩頭輕輕拉近過來。她把頭靠在我左肩開始飲泣，終至出聲。我把左手移至她頸部，抬起她的下頰，用右手去探察她襯衫的高領。

「不要，不要。」她哭著用兩隻手握住我的手腕。

我下視她懼怕，充滿眼淚的眼。她抖顫的雙唇上仰——微啟半開。很自然，半點沒有勉強我開始吻她。鹹味的淚沾到我的唇上。她放下我手腕把我拉近她，半側她的上身使我們更親近。

不久我們吻完，我用右手解開她領後的鈕釦，露出她受傷的粉頸。她靠在我的臂彎中，沒有反抗，但已經不再哭泣。

「事情發生在什麼時候？艾瑪。」我問。

「昨天夜裡。」她說。

「怎麼發生的，是什麼人？」

她靠著我，我覺得到她的抖顫。

「可憐的孩子。」我說，又輕吻著她。

我們坐在車裡一再地吻著，她擁得我那麼近，身體上的溫熱不斷的傳過來，解除我自己近月的苦難與緊張。憎世的感覺也沒有了，世界又恢復和平美滿，和她接吻不是一般的接吻，我不會形容，這種感覺是從未有過的。

她已不再哭泣，也不再吻我。打開手提包拿方手絹擦乾她的淚水。

「看我多傻，」她說，一面用手提包裡面的鏡子看自己的臉：「侯雪莉跑掉了沒有？」

她的問題使我嚇了一跳也回到了現實。我從車前玻璃看出去看到那公寓房子。安靜無事。想想剛才的情況，如果侯雪莉大模大樣出來，我也不會看到，真是汗顏。

「會不會跑掉了？」她又問。

「我不知道，」我說：「希望沒有。」

「我也希望沒有。」她說：「我現在好一點了——我喜歡你那樣吻我。」

我思索著應該說些什麼，有史以來第一次我不知說什麼才好。前面的女孩我好像以前沒見過，以後也怕失去她。雖然數小時之內我們都在一起，但現在我才注意到她。我的注意力也全在她身上，其他一切都已不重要。她的熱力從靠得很緊的大腿上傳到我全身。

她已回復自我的控制，也補好妝，用小指指尖在擦塗口紅，我想說點什麼，最後還是說不出來，只好把注意力轉向公寓大門，看有沒有雪莉的人影。

我希望有方法獲知她還在不在公寓裡。我甚至想到走回去再按一次門鈴試試，但是這樣會打草驚蛇，她會知道我還在附近跟蹤她，也許她不會那麼聰明，但也許——

艾瑪舉起手臂在扣回領子的鈕釦。

我問：「你還不願意告訴我這件事嗎？」

「不。」她說，過了一下又補充說：「唐諾，我很怕，我想我是嚇壞了。」

「你到底怕什麼？」

「我自己也不知道。」

「仙蒂哥哥的介入，會不會使事情有變化？」

「不會，我看來不會，但我真的不清楚。」

「艾瑪，你對他有什麼看法。」我問。

「不多。仙蒂每次提到他就說彼此處得很差，又說他很傑出，獨來獨往，對仙蒂照應不多。」

「但是仙蒂要他幫忙的時候，他肯從東岸來。」

「我不知道，」艾瑪說：「我想是她哥哥主動來找她的。我想她哥哥用長途電話與她聯絡。我不能確定，我以為——唐諾，你想她哥哥會不會和莫根本是串通好了的？」

「你指哪方面？吃角子老虎？」

「是。」

「也有可能，」我說：「你怎麼想到的？」

「我也不確定，只是他言行有點怪，仙蒂讓步也不是常情。你們在他房裡時我可以聽到東一句西一句，不太完整，大致瞭解進行過程。」

我說：「莫根是離婚訴訟中的丈夫也是被告，開庭傳票送達到他本人成功，他只有兩條路，一是出庭答辯，一是無條件敗訴，所以仙蒂不用耽心。」

「我怕他不會甘心被人趁火打劫，他是危險人物。」

「對了，這就是我要與你討論的主題。」我說。

「什麼？」

「你頸上的扼痕。」

「這與他無關。」

「說說看，把真相告訴我，是什麼人？」

「是——是個小偷。」她說。

「什麼地方。」我問。

「有人闖進公寓。」

「什麼時候？」

「昨天夜裡。」

「你們兩個女孩在家？」

「是的。」

「仙蒂在哪裡？」

「我們分兩個臥室。」

「你在有兩張床的那間？」

「是。」

「仙蒂睡在現在她哥哥用的那一間？」

「是。」

「怎麼發生的？」

「我不知道，」她說：「——我不能告訴你，我答允仙蒂絕不對任何人提起這件事。」

「為什麼那麼機密？」

「昨晚很熱，」她說：「我睡時身上沒穿太多，我醒來時有個男人彎腰在床前，我拚命大叫，他用手扼住我，我就用腳踢他。我用腳跟頂到他肚子，膝蓋頂住他雙肩拚命頂出去。假如我晚幾秒鐘醒，或者他站得更近一點，他已經扼死我了，最後我終於把他推開了。」

「爾後怎麼樣？」

「他逃跑了。」

「向哪裡逃？」

「客廳。」

「之後呢？」

「我叫仙蒂，我們開亮燈，各間房間清查什麼也沒少。」

「有沒有查到他從哪裡進來的？」

「一定是防火梯，門是鎖著的。」

「他有穿衣服嗎？」我問。

「我不知道，我沒有看到他，太暗了。」

「但是你可以感覺到，有沒有衣服？」

「應該是有的。」

「你沒有看到他？再看見會不會認識他？」

「不會，幾乎一點光也沒有。」

「艾瑪，」我說：「我看得出你有精神負擔，有些你知道的不敢提出來，你為什麼不讓我來幫助你呢？」

「不，」她說：「我不能——我是說已經沒有——我已經把知道的全都告訴你了。」

我靠回車座靜靜地抽菸，過一分鐘她說：「法律立場看來，你是合法的偵探嗎？」

「是。」

「你可以合法持有手槍嗎？」

「應該可以。」

「你能不能——能不能，我給你錢你給我支手槍？」

「為什麼？」

「暫時帶幾天——保護。」

「為什麼用手槍？」

「為什麼不？」她反問道：「你倒試試看，半夜醒來，有人要扼死你。」

「你以為他會再來？」

「我不知道，但我要和仙蒂在一起，我想她有危險。」

「她有什麼危險？」

「我不清楚，不過有人可能想殺她。你看，我是睡在她的床上。」

「是不是她先生要殺她？」

「不，我不認為是她先生，當然也可能是。」

「離開她，」我建議：「自己去找個宿舍——」

「不，我不能離開她，她是我朋友，我要對她忠心，她對我也忠心。」

「她對你忠心嗎？」

「是的。」

「照她哥哥說法她是非常自私的，她——」

「不是這樣，」她接著說：「她哥哥有什麼資格說她，他從沒關心過她，五年也沒通過一封信。」

「但她哥哥對她近況知道很清楚。」

「這就是我以為他在為莫根工作的理由，是莫根一件件告訴他的，莫根的語氣就是這樣的。她是花痴，她隨時更換男友，這些都是男人不作興說女人的，何況自己太太。」

「我想他們夫婦生活並不愉快。」

「當然不愉快，但絕不可依此為理由，造了很多謠來破壞宣誓要終身愛護的女人，有的男人真叫人倒胃口。」

「我們可以談談你為什麼對柯太太婚姻生活有興趣？」

「什麼意思？」

「我覺得你對這件事超過一般的注意和興趣。」

「是對她的做法很有興趣。」

「對正在找對象結婚的會有興趣。」

「或是對正在逃避結婚的人也會有興趣。」她笑著看我。

「說你自己？」

她點點頭。

「可以告訴我嗎？」

她猶豫了一下，說：「不，唐諾，至少不是現在。」

「堪薩斯城的事？」我問。

「是的。一個忌妒的瘋子，找各種理由喝醉了摔東西。」

「不必浪費時間在他身上，我見過這一類貨。」我說：「都一樣，恨不得把女朋友繫在腰帶上，別人看一眼都不行，一面解釋如此妒忌是因為怕失去你；一旦法定是你丈夫後就不會如此不講理。事實，他一旦結婚就變本加厲，女方只要稍有怨言，他就假裝酒醉，回家就裝酒發瘋，把花錢買的東西一件件摔破。又——」

「你說得像看到的一樣。」她打斷說。

「我形容的是一群人，不是個體。」

「你建議放棄？」

「絕對，男人不能用自力改正錯誤，用摔盤子來表示自尊心，你就應放棄。」

「他的專長是吧檯裡的酒杯。」她說。

「你不會嫁給他吧？」

「不會。」

「他在堪薩斯城？」

「我離開的時候他在堪薩斯城，他要知道我在這裡他會追來的。」

「追來怎麼樣？」我問

「多摔幾個酒杯吧。」

「這種人相當危險，他們還會糟蹋自己。」

「沒錯，」她說：「報上每天有，他們追蹤女朋友，槍殺她，又鬧自殺的把戲，我討厭這種人，也怕死他了。」

我注視地問：「你也是為這個人想到手槍吧？」

她看著我說：「是的。」

「想買一支？」

「好呀！」她答。

「有錢？」

「有。」

「市上價格大概是廿五元。」我說。

她打開手提包拿出兩張十元和一張五元交給我。

「我現在無法去買。」我告訴她：「我們最重要的工作是守候侯雪莉，我弄不懂為什麼阿利那麼確定她會離開公寓去找韓莫根，為什麼不會用電話？」

「可能怕有人竊聽。」艾瑪說。

「不可能，警方根本不知道雪莉這個人，否則早就跟蹤她了。」

「也可能是預防萬一，莫根很小心的。」

「不太講得通，」我說：「整個事件有些小地方——看！她出來了。」

侯雪莉帶了一個過夜袋離開公寓，穿著藍裙淺藍上衣，裙子很短，任何男人都會為她回頭，一頂藍色小帽斜依在髮際，面前垂著藍色網狀帶珠的半長面紗，整齊的髮型自小帽一側外露，鬆軟的金色與絨狀的藍色形成強烈對比。

「憑什麼說她頭髮是染的？」她一面發動引擎一面說。

「沒有證據，只是她頭髮顏色……」

「我看是天生金髮碧眼，好漂亮。」

「不與你專家辯論。」我說。「不要太接近，她既然走這條大馬路，我們就等她走遠點再跟蹤，免得她回頭看到懷疑。」

「我想我還是把車開到大馬路邊，停著看到妥當。」

「可以，要我來開車嗎？」我問。

「那更好，我真的有點緊張。」

她抓住駕駛盤把自己抬起來，我從她下面滑到駕駛盤下，把車吃進低檔，慢慢把車開向大道。

侯雪莉走到十字路口招了一輛計程車，我沿大道開車跟在計程車五十呎之後，隨後又拉長距離注意她有沒有向後面觀望。

她沒有，我從計程車車窗玻璃看她很清楚，她的眼光一直是向前望的，我又把跟蹤距離拉近一點。

計程車穩定的前進，也沒有故意避免跟蹤的企圖，左轉到第六街後，直達白京大旅社門口，旅社門口不可能有停車位置，我對艾瑪說：「車子交給你，你沿附近兜圈子，我等她登記後去看她住哪一號房。」

艾瑪說：「唐諾，我要參與整個過程。」

「你不是正在參與嗎？」我問。

「不，不止這樣，從開始到攤牌要看到你怎麼做。」

「找出她住那個房間，看是不是能夠住進她對面房去。」

「我要和你在一起。」

「不可能，」我說：「像這種高級旅館不准客人在房內接待異性。」

「別那麼死，」她說：「你去大模大樣登記夫婦不就可以了，你準備用什麼姓名住店？」

「哈唐諾。」

「好，我就權充哈太太。我隨後就來，你走吧。」

我走進旅社，侯雪莉沒在大廳，我找到僕役長，把他引到較隱蔽的位置對他說：「一個穿藍衣服的金髮女郎一分鐘之前剛到這裡來，我要知道她用什麼名字登記，住幾號房，附近有沒有空房間可以租用，我想租她對側的房間。」

「是什麼鬼主意？」

我拿出一張五元的鈔票，横裡對摺了一下，在兩隻手指上轉弄著。我說：「我參加一個特別組織，專門提高旅社僕役長收入的組織，對政府還是有好處的，他們可以用外快來付所得稅。」

「對政府有好處的事我一向合作，你請在此稍候。」

我在大廳等他回音，她登記莫太太，住的是六一八。她說她丈夫等一會就來。這一樓除了六二〇外已無空位，莫太太早些時用電話定下六一八及六二〇房，登記時莫太太臨時改變主意只要六一八，所以六二〇等於才空出。

「我是哈唐諾，」我說：「我太太廿五歲，棕色頭髮、棕眼，五六分鐘後會來找我，請你注意帶她到我房裡來。」

「你太太？」他問。

「我太太。」我說。

「我明白了。」他說。

「還有件事，給我弄支槍。」

他的眼神立即顯現了敵對：「什麼樣子的槍？」

「一種小而可放在袋裡的槍，自動手槍，我也要一整盒槍彈。」

「槍可是要官方許可才可以自由買賣的。」

「有官方許可，人到店裡去花十五元買新槍。」我說：「你以為我為什麼肯花廿五元買槍？」

「噢，你付廿五元買槍？」

「我不是說了嗎？」

「我替你試試。」

我不使他有機會與櫃檯聯絡，直接自己跑到櫃檯去，職員給我一張登記卡要我自己填，我寫下哈唐諾夫婦及偽造了一個住址。

職員問：「哈先生，普通房間七元一天的好不好？」

「六樓有沒有合適的？我太太怕太高，我又怕車輛吵。」

他看著表報說：「我可以給你六七五房。」

「靠房子的哪一側？」我問。

「東側。」

「西側還有沒有空房？」

「我可以給你六〇五或六二〇。」

「六二〇怎麼樣？」

「雙床，有浴廁，租金二人七元半。」

「能不能優待一下，七元？」

他看了我一下，同意特別優待。

「謝謝，」我說：「行李我太太會帶來，現在我先付房租。」

我付了錢，拿了發票，跟僕役長來到房間。他說：「廿五元買不到新貨，你是知道的？」

「有人說過一定要新貨嗎？你隨便什麼來路不關我事。廿五元為限，超過不要，你也不要太黑，少賺點。」

「我會犯法的。」

「不會。」

「請教為什麼不犯法？」

我從口袋摸出柯太太給我的服務證，我告訴他：「我是個私家偵探。」

他看了證件，臉上迷惑之色消除：「老兄，我就去辦。」

「儘快辦，」我說：「但我太太來前不要離開大廳，我要她直接來這裡。」

「當然。」他說著離去。

我環視房內，這是大旅社的一般兩床套房，六一八與六二〇必須公用設置在中間的浴廁。我小心輕試公用浴廁通往六一八房的門把，彼側是鎖著的，細聽可以聽到六一八有人在裡面。我回到六二〇打電話給韓仙蒂，接通電話，我說：「一切順利。我跟她到白京旅社，她在六一八，我在六二〇，她用的是莫太太，說莫先生馬上來，艾瑪與我在六二〇用的是哈唐諾夫婦。」

「夫婦，」韓仙蒂驚訝地問。

「艾瑪的意思，她要全程參與。」

「參與什麼？」

「傳票送達。」我說。

「我也要參與，我不是有意打擾你們的蜜月，但阿利和我立即前來。」

「等等，」我立即反對：「萬一韓莫根在旅社附近，又見到你們出入，那就一切泡湯了，我們再也找不到他了。」

「我們瞭解，」她說：「我們會十分小心。」

「小心沒有用，萬一在大廳、電梯、走道撞上，這是無法避免的，再說他現在就可能守在旅社外面觀察。」

「你不該和艾瑪共處一室。」韓太太正經地說，「這件事說不定會鬧上法庭的。」

「不要胡說，我只是送達傳票。」我說。

「你不懂，」她說：「艾瑪的名字絕對不可以牽到報紙上去，我和阿利立即就來，再見。」她掛斷電話。

我放回話機，脫去上衣，盥洗臉手，坐在沙發裡點上一支菸，有人敲門，在我能站起之前，僕役長打開門說：「哈太太，請進。」

艾瑪走進來，裝出十分自然的樣子：「哈囉，親愛的，我把車子停好了，行李等一下就到。」

我走向僕役長，他臉上笑容充分顯露艾瑪外行的表現不值一提。我說：「我還在等兩、三個朋友來這裡，他們應該十分鐘或者一刻鐘可以到，我希望槍能先他們而來。」

「我沒有錢來墊——」

我交給他廿五元：「快去，不要忘記帶盒槍彈，用紙袋包好，除了我不要交給別人。」

「放心。」他關門離去。

「你在說什麼槍？替我買的嗎？」艾瑪問。

「是，」我說：「仙蒂和阿利要來這裡，你的仙蒂朋友認為我帶你來這裡會破壞你的名聲，她說我們『共處一室』不好。」

艾瑪等著：「仙蒂老朋友，只知道保護我的好名聲，她自己——」

「她自己怎麼樣？」我接下去，因為她的尾聲漸漸停住。

「也沒什麼。」她回答。

「講呀！講出來，我很想聽聽。」

「沒有，真的沒有，我也沒想說她什麼。」

「還是要說下去，我知道仙蒂越多對這事越有利。」

「真的沒多大關係。」

「好在她馬上要來這裡，在她來之前我要看看你脖子。」

「我脖子？」

「對了，脖子上的瘢痕，我要看一下。」

我站前一步，用手伸向她肩後，再一度她不太願意但因為我們湊得太近了，她半閉的嘴唇又有誘惑力的對著我，我又一次吻著她，這次沒有眼淚的鹹味，過一會她掙扎著說：「唐諾，你會怎麼想我？」

「妙極了。」

「唐諾，我不輕易吻人，我覺得孤獨無援，甚至有點怕，第一眼見到你——」

我又再吻她，而後輕輕地解開她上衣的高領，她沒有反抗，我看到她呼吸正常，但頸後的血管跳動很厲害。

「想扼死你的男人體型有多大？」我問。

「我不知道，我告訴過你完全在黑夜中。」

「是肥大的？還是瘦小的？」我問。

「不太肥。」

「他的手一定很小。」

「我不知道。」

「你看，扼痕的邊上有小的抓傷痕跡，好像是長指甲似的，再想想，會不會是女人？」我問。

她暫停呼吸地看我：「抓痕？」

「是的抓痕，手指甲抓傷的痕跡，你為什麼沒想到女人的可能性？」

「是我沒想過，不！不可能是女人。」她說。

「你說過很暗，你看不到，沒有發過聲音。」

「是。」

「只是站在床邊，扼住你脖子，你拚命逃開。」

「對，我把他推開。」

「沒有其他線索？」

「沒有。」

我輕拍她的肩說：「不要怕，我只是要找出真相而已。」

「我看我還是坐下來，想到這件事我神經就緊張起來。」

她走過沙發真的坐了下來。我說：「再談談你男朋友。」

「那個人在堪薩斯城。」

「他也可能離開了。」我說。

「要是他知道我在這裡，他是會來的。」

「有可能他已經知道了。」

「不太可能。」

「你下意識中還是認為他已經來這裡了。」

「唐諾，請你不要再嚇我，我有點受不了。」

「好了，」我說：「不要怕，也不必怕，把衣服整好，仙蒂和阿利隨時可能要來。」

她舉起上臂去扣頸後的鈕釦，我見到她手指在顫抖。

下午的太陽西曬進房間，房裡的溫度相當高。

僕役長敲門進入，塞了一個牛皮紙袋給我。

「朋友，」他說：「多罩著點，不能用這玩意兒出毛病。這是漂亮貨，要不是我，老摩斯絕不肯脫手的。」

我說聲謝把門踢上，打開紙袋拿出一支點三二藍鋼自動手槍，有少數地方烤藍已褪色，但槍管情況良好，我打開那盒槍彈，把彈夾裝滿，對艾瑪說：「你會用槍嗎？」

「不會。」她說。

「這種槍有一個保險要用拇指打開，」我解釋：「另外一層保險在槍把上，用手握緊槍把就自動打開，使用的時候用拇指打開保險，握緊槍把一扣就行，懂了嗎？」

「我想我懂了。」

「我們來試試。」我把彈夾除去，關上保險，交給她說：「你射我。」

「唐諾，不可以亂說。」

「把槍對著我，」我說：「射我，你一定要試。我現在扼你脖子，艾瑪，動手，看你會不會用槍。」

她把槍指著我扳著搶機，手也扳白了，撞針沒有動。

「開保險。」我說。

她用拇指打開保險，撞針擊回槍管，她坐向床上兩腿發軟，槍從她手中掉在地毯上。

我拿起手槍把彈夾裝回槍去，把一顆槍彈上膛，取下彈夾，補填了一顆槍彈進彈夾，把彈夾又推回手槍。確定保險位置，把手槍放進了她的手提包。

她用懼惶好奇的眼神看著我。

我用牛皮紙把餘下的槍彈放入五斗櫃抽屜內，走向床邊坐在她身旁，「聽著，艾瑪。」我說：「這支槍是實彈，一觸即發，除非必要千萬不可亂用，萬一再有人向你脖子下手，只要用槍聲嚇他可能就夠了，不一定真要打到他，別人聽到槍聲也會來救你。」

敲門聲說明韓仙蒂和她哥哥的到來，我過去開門。

「艾瑪在哪兒？」仙蒂問。

「在浴室，在洗臉，她太緊張，她哭過。」

「喔，」她看著床邊有人坐過的皺紋說：「你一定對她好好安慰一番囉。」

阿利看看枕頭上有沒有印子說：「女人都是一票貨。」

仙蒂對著他說。「阿利你閉上嘴，你滿腦歪念頭，你沒見過正經女人。」

我說：「你們不曾碰到韓莫根吧？」

仙蒂好像急著改變話題：「沒有，我們從後門進來，賄賂了一個僕役從送貨電梯上來的。」

艾瑪自浴室出來。

「我看她不像哭過。」阿利說。

仙蒂沒理他，「鄰房在搞什麼？」她問。

「侯雪莉暫時變成了莫太太，」我說：「她在等莫先生來會合，無疑的晚飯前會出現，也許晚飯會開在房裡。」

「我們打開房門偷聽。」仙蒂說。

「你把你先生看成傻瓜。」我說。

「他在走道上就會看到有扇門沒有關，那樣不行，我們輪流在浴室竊聽，他來時那裡聽得到。」

阿利說：「我有個辦法最好，」他拿出一隻小手鑽，輕輕示意要在鄰室的浴室門上鑽個孔。

「把這個東西收回去，你不可能完全不出聲，而且木屑鑽到鄰室地毯上把她嚇跑了。」

「你有什麼計劃？」

「不少，」我說：「我們在浴室守候，聽到男人進來聲音，我從房門過去，假如真是韓莫根，我就過去把傳票送達。」

「憑那些照片，你一定可認識他？」他緊接著問。

「是的，我已一看再看，熟記於心。」

「你怎麼能進得房去呢？」阿利問。

「我們先打電話過去，說是旅社辦公室找他，說是有某太太的電報，問他要不要派人送上去。」

「老掉牙的辦法，他們不會吃這一套，他會叫你從門縫下塞進去。」

「不必擔心，我有電報還有登記簿，登記簿正好太厚無法從門下塞進去，我會想辦法，而且電報是真電報。」

「他們會把門開一條縫，一看是你就關門再也不開。」

「他們看到我也不會關門，」我說：「因為我要出去租一套戲裝，你們在這裡守候，莫根來了也不要緊張，我半個小時內回來，他不會一來就走的，要記得雪莉帶著過夜手袋來的。」

「我不贊成，」阿利說：「這樣對付他很不公平而且——」

「世界上事情本來不可能完全公平的，」我說：「尤其像今天我們原本就是設計要讓他接到傳票，一年三百六十五天都有人做傻瓜，上的都是稍予翻新的老當，也都是不公平的。」

我不必等他再討論這個問題，開門走上走道。

第六章　送達傳票

我離開了足足一小時，回來的時候我手中有一套與旅社僕役差不多的制服，是向戲裝社租來的，一封自己拍給自己的電報，用的名字是莫太太，一本記事簿，其中一頁有一打以上姓名，簽字有的鉛筆有的鋼筆，都是我的傑作，我敲我自己旅社的房門，是赫艾瑪開的門。

從門外看進去就可以看到柯白莎擠在一張小沙發上，部份肥肉被擠在把手上，她前面咖啡桌上有一瓶威士忌，一杯冰塊，一瓶蘇打水。她正喝著高玻璃杯中的烈酒，韓仙蒂過來帶怒地說：「你死那兒去了，快把事弄砸了。」

「什麼風把您也吹來了？」我用眼飄過仙蒂看著柯氏偵探社的老闆。

「老天！把門關上。」白莎對仙蒂說：「你想要整個旅社來觀禮？唐諾，進來。」

我走進房間，是韓仙蒂關的門。浴室門關著，我聽得到裡面有聲音。

「怎麼啦？」我問她們。

「你亂跑跑出去，沒人知道你去了哪裡。」韓仙蒂說：「文件又全在你身邊，韓莫根已經在隔壁房間一個小時，你一離開他就來了，你這個笨腦袋，你這些怪主意……」

「現在他在什麼地方？」我問。

「還在那裡。」她說。

「你哥哥呢？」

「他在流血。那破鼻子向後面流血，我只好打電話把醫生請來，可能相當嚴重，醫生在浴室中處理他。」

柯白莎說：「你出去幹什麼？唐諾，韓太太沒辦法找你，只好打電話叫我找你，你為什麼不和辦公室聯絡？」

「因為你告訴我不要報告，只要成效，要傳票送達。」我說：「你不出動，事情還是會辦妥的，你既已出動，我很抱歉驚動你了，我通知韓太太只是禮貌，我一再請韓太太不要來此湊熱鬧。」

「亂講，」仙蒂冷冷地說：「事情假如辦不成，不要把理由推到我們頭上。」

「我不會亂推責任，」我說：「既然你哥哥在浴室裡，我就在壁櫃裡換上這套僕役制服，我建議女士們不要偷看。」

仙蒂：「文件，文件，我們急著要這些文件，我們猛打電話——」

「把嘴巴閉起來你會好看一點。」我說：「文件要由我送達，我現在馬上辦，你知道在鄰房的是你先生韓莫根嗎？」

「沒錯，從浴室聽得很清楚。」

我看向柯白莎，「你來這裡多久了？」

「十分鐘。」她說：「老天，這地方像失火一樣熱鬧，唐諾，假如讓莫根溜掉，白莎會很不高興，很不高興。」

我沒答腔，走進壁櫃，打開戲裝，脫去衣服，穿上制服，櫃裡沒有亮光，我只好留一條門縫以免摸黑。我聽到艾瑪在說：

「仙蒂，我覺得你不太公平，這種情況下他只能做當時認為較好的選擇。」

仙蒂說：「他認為較好的選擇不夠好，就是如此。」

我可以聽到咕嘟、咕嘟、咕嘟威士忌從瓶子裡倒到杯子裡的聲音，滋滋滋蘇打水自瓶子中擠到酒上的聲音，而後是白莎不慌不忙的聲音：「至少是他通知你讓你來的，韓太太，假如他不通知你，你還不是啥也不知道，你僱我們送達傳票，要是讓莫根溜掉我負一切損失，假如莫根仍在，唐諾能送達傳票，我要追收你把我從辦公室緊急出差費用，你知道我要放下一切工作乘計程車趕來。」

仙蒂說：「你要逼我說老實話，我想我的律師把我介紹給你是錯誤的決定，我也後悔找了你這個偵探社。」

「是的，」柯太太的語調一如兩位高貴女士在批評一本暢銷名著：「真遺憾，不是嗎，親愛的？」

我從壁櫃裡出來，一手還在扣僕役戲服的風紀扣，我拿起電報和記事本走向電話，請接線生接六一八室。一會後當我聽到對方由女聲接聽，我說：「有一份電報給莫太太。」

「不會有電報給我，」她說：「沒有人知道我在這裡。」

「是的，莫太太，這封電報地址有點怪。收信地址白京大旅社，轉交莫太太，也可遞交侯雪莉，我們沒有姓侯的住客，姓莫的也只您一位。」

「我確信與我沒有關係。」她說，語音可並不太自信。

「不管怎麼樣我送上來你看看。」我說：「打開看沒關係，反正收件人是莫太太，你就有權看。與你無關我們就退回原寄，僕役，僕役！六一八電報。」我掛斷電話。

柯白莎又投了兩塊冰到酒杯中，說：「唐諾，要快一點，不能讓她起疑向辦公室再問。」

我把簿子夾在腋下，開門走入走廊。房裡三個女人看著我走到六一八敲門。

我聽到一個女人的聲音在向電話講話，我說：「電報！」

女人聲音停止，我聽到她在裡面說：「門下送進來。」

我把記事本從門下塞進一個角，夾在本子裡的電報封套很顯眼，她一定看得到。我說：「不行，你一定要簽收，簿子進不來。」

她說：「等一下，我來開門。」

她把門打開一條縫，疑忌地看著我，我把頭低著，當她看到制服和本子裡的電報，她把門開成六吋或八吋的程度說：「我簽哪裡？」

「這格子裡。」我一面把本子送進去，一面交給她一支筆。

她穿了一件桃色睡袍，袍裏衣服不多，從門縫裡我看不到室內太多，我只好推開房門，大步進入。

開始她沒有體會出是怎麼回事，室內光線照到我臉上，她認出我是誰。「莫根！」她叫道：「小心，他是個偵探。」

韓莫根，穿一套雙排釦灰西服，半躺床上，右腿放在左膝上，香菸在嘴上，我站在他面前，正經地對他說：「韓先生，這是你太太韓仙蒂告你申請離婚，法院通知開庭的傳票，你可以看一看，這是完全相同的副本和理由書，現在正式送達給你。」

他平靜地從嘴上取下香菸，一口煙吐向天花板，向我說：「能幹，能幹，你小子真能幹。」

侯雪莉跟著我過來，桃色長袍拖在地毯上，電報外封已打開，內函已拿出來。她將本子挪到床上，兩手把電報一撕為二，她說：「你這騙人，渾帳的狗腿子。」

韓莫根對我說：「還有什麼？」

「沒有了。」我說。

「沒有拘捕狀。」

「沒有，是個簡單的民事訴訟。」

「知道了，朋友請吧！」他說。

「謝謝，」我說：「把你的狗拴起來，我不想聽她亂吠。」

我轉身向門。門突然大聲推開。韓仙蒂衝進室來，在她後面是赫艾瑪，盡力想拉她回去。她們後面，吊著一根菸在嘴裡，是大白鯊一樣的柯白莎。

韓莫根在床上說。「這是什麼把戲？」

韓仙蒂向他大叫：「你這騙人精！這就是你的把戲，是不是？這狐狸精想必就是你大把大把花錢的騷貨，你就這樣來對待我們的婚姻。」

莫根悠閒地把嘴上的菸拿下，打了個呵欠說：「不錯，親愛的。這是侯雪莉，可惜你不喜歡她，你應該把你年輕的醫生朋友帶來，那才更熱鬧。」

仙蒂急速雜亂間憤怒地說：「你……你……」

莫根用一隻手把自己撐起，我看到他有瘦長的體型，保持很好的身材及細長的手指，厚厚的黑髮直梳向後沒有分側，露出過高的前額。他說：「仙蒂，不要火燒尾巴一樣亂叫，你要離婚，正好我更希望離婚，現在請離開這裡。」

仙蒂對柯白莎說。「正好給你看看我有一個什麼樣的丈夫，你看他幹些什麼事，帶了一個三流的過時貨，不穿衣服晃來晃去賣肉的樣子。」

她突然一把想把雪莉的桃紅睡袍拉下來，雪莉緊緊抓住，仙蒂彎腰把她睡袍自下面翻起，露出小腿大腿，雪莉一腳踢向她的臉。

柯白莎一手撈住韓仙蒂的手肘，把她拉離戰場。

「謝謝，」韓莫根還是仰臥在床上說：「可省了我自己出手。仙蒂，看老天份上你現在正好下台，你自己還不是當著我的面亂吊凱子。」

「胡說！」仙蒂在白莎肥而壯大的手中猛烈掙扎。

赫艾瑪走到仙蒂身邊。「仙蒂，我們回家。」她說：「不要當眾出洋相。離婚反正沒問題了，好聚好散。」

莫根側身到床邊，找到痰盂，把菸頭拋入，對侯雪莉說：「對不起讓你見到我太太是這樣一隻瘋母狗，她一點也控制不住自己。」

「照我看她就欠一頓好揍。」侯雪莉說。

我對柯白莎說：「據我看，我已經把傳票送達，我要回去寫證誓書了。」我走回走廊。

白莎推著仙蒂走出房間，咕嚕著安慰她的話，房門在我們身後砰然關上。我們回到六二〇房。我說：「沒想到還有這樣一場戲。」

「我實在忍不住，」韓仙蒂說：「我早就想捉一次姦。」

通浴室的門打開，何醫生走進房來，他雙袖捲起，沒有上裝，襯衣又是水又是血。「外面吵什麼？」他說：「好像有人提起醫生？」

「只有你一個人在提，」白莎說：「我想韓太太的律師一定不高興此時此地你也在這裡。」

「他是為阿利來的。」仙蒂說：「豪啟，阿利怎麼樣？」

「他沒事，」何醫生說：「我說過他的出血是一觸即發的，我好不容易把他血止住了，還是會再來。他太興奮了，我告訴你們，至少讓他休息三天，完全休息。」他回進浴室又把門關起。

韓仙蒂說：「一天到晚只知道說些討人歡喜的話，我什麼都對他說，我把他當朋友看，他幫我自己的哥哥來反對我。」

我走回壁櫃，換回衣服把戲裝包好。

仙蒂走向浴室門，在門外叫道：「阿利，一切解決了，傳票已送到他手上了。」

我聽到阿利在浴室的聲音說：「閉嘴，他會聽到的。」

從隔壁房，較遠的聲音，有點不清但聽得出揶揄的味道很濃，「阿利，是嗎？原來我應該謝的是你，我應該想得到。」

阿利急著出聲：「你瘋啦，莫根。」阿利用感冒的鼻音說：「我當然和你同一戰線的，我口袋裡有些東西要給你，開門。」接下來是兩、三分鐘的靜寂，浴室門突然打開。阿利風捲似的進入房間，他身上一團糟，紅色的斑點沾滿了上衣和襯衣。「你這笨蛋，」他對仙蒂說話，鼻子完全給紗布包住：「你對我叫什麼叫，你笨到以為他聽不到？是聾子？」

「阿利，對不起。」

「對不起有什麼用。」他叫著：「你一生也不會真心的說對不起，現在可以過河拆橋了。記住，我會看緊你，不要想太多的贍養費。」

大步經過我們，他大聲把房門打開，快步到六一八門口猛敲六一八的房門。帶著祈求地說：「莫根，讓我進來，我是阿利，我要和你講話，我有東西對你有利，要給你。」

柯白莎喝完她最後一杯酒，優雅地對一房間緊張的人群露著笑容。仙蒂站到門旁去看她哥哥向隔壁房門懇求。白莎輕鬆地說：「來，唐諾，我們回辦公室。」

我看向赫艾瑪，她回我一瞥表示完全心靈相通。

「我和人晚餐有約，」我說：「還有點事要談——」

白莎用平靜但權威的語氣打斷我的話說：「你今晚和我一起用飯，我倆要談件新案，你為我工作，假如艾瑪要請我的偵探社做其他工作，我可以接受她的聘僱，派你辦她的案子，這裡的交易已經銀貨兩清了，走吧！」

我從口袋拿出一張卡片，把我寄宿處的電話號碼寫在上面，交給艾瑪。

「她是老闆，」我說：「假如你有私事找我，可以用這個電話。」

白莎對韓仙蒂說：「威士忌和蘇打是辦案開銷之一，我會通知櫃檯由你買單。走吧，唐諾。」

何醫生先我們走出走廊，他輕拉阿利的衣袖用輕的聲音說：「回來吧！你又要出血了。」

阿利甩開他，重重敲門，「開門，莫根，你真笨。」他說：「我有對你有利可以打贏官司的資料，我會全程保護你。」

何醫生突然轉身，柯太太邁步走向電梯，幾乎撞上。

他抓住她手臂請求說：「我看只有你可以幫他忙，他又要流血了，能不能請你把他拉回房去？」

柯太太對他說：「不關我事。」又對我說：「來吧！我們走。」主動向電梯走去。

當我們來到人行道時，我說：「那件新案是否我今夜就要接辦？」

「什麼新案？」

「那件你要晚飯時和我談的。」

「喔！」她說：「沒有什麼新案，更沒有什麼晚飯。」

她看到我臉上的表情，她繼續說：「我看你落進姓赫的女孩情網了，我不喜歡有她混在我們以後任何一件案子裡，我們的工作完了，忘記她算了。唐諾，你給我招呼一輛計程車，站到消防栓前面，這樣計程車可以停過來，你看我這樣，最不喜歡到路當中去攔計程車了。」

我帶她到路邊，招呼一輛計程車，駕駛看著白莎的體型，有點不太想載她的樣子，把車停得離人行道遠遠的，我幫助她爬進車座，舉高了一下我的帽子，駕駛把車頭燈打開。

「你不跟我回去？」她問。

「我還有點事要辦。」

「什麼事？」

「回去請問赫小姐肯不肯和我一起晚餐。」我說。

她看著我說：「你不太接受善意的勸告。」她說話有點像溺愛的母親對兒子說話。

「倒是真的。」我說，又把帽子抬起十吋左右。駕駛此時呼的一下把車開進黃昏的擁擠車陣，我急急轉身撞上了一個一直站在我後面的男人。

「對不起。」我說。

「什麼事那麼要緊？」他問道。

「沒什麼與你有關的。」我說，試著推開經過他，另外一個男人一直站在第一個男人後面，站前一步阻擋著我，「慢慢來，小不點！」

「喔，怎麼回事？」我說。

「頭子要見你。」兩個人當中一個說。

「頭子跟我沒關連。」

前面那個人高瘦，鷹勾鼻，冷酷的眼睛。另外一個有厚肩粗脖，扁鼻，菜花樣的耳朵，很喜歡他自己的饒舌。他說：「嘿嘿，我們的朋友『頭子跟我沒關連』這種老把戲來搪塞，那有什麼用？你去和頭子談，還是我們告訴頭子你不肯合作。」

「合作什麼？」我問。

「回答問題。」

「什麼問題？」

「有關韓莫根。」

我從他們一個人看到另一個人，不明顯的瞥一眼旅社。韓仙蒂和她哥哥現在隨時可能出來，他們可能會認為我出賣他們，把他們引進另一陷阱。我說：「好呀！你們帶路。」

「這樣才對，我們知道你是好孩子。」像職業拳手那個人說。他做了個手勢，一輛大房車滑過來，他們擁我過去，兩人分兩邊夾著我雙腋，打開車門，讓我坐後座中間，高個子對駕駛說：「阿尊，走。」

我們離開鬧區，車子直往住宅區，使我發生疑問。

「這到底是怎麼回事？」我問。

拳師樣的後來我知道名字叫法萊。他說：「聽著，小不點兒，我們要在你眼上加塊黑布，免得你看到對你健康不利的東西，你忍著——」

我一拳擊出正擊中他下頦，但顯然對他絲毫沒有影響。他還是拿出一條黑布想蒙起我的眼睛，我掙扎著想要喊叫，幾隻手抓住我的手，手銬銬上了我的雙腕，眼被蒙起，車子開始一連串無目的的轉彎，我失去了方向感。

過了一下車速變慢車子略有顛簸，好像走上了一條私家車道，一道車庫門開啟又關閉，手眼放開，我在車庫內。車庫向外的門已經關閉，另一窄門開著，通向樓梯，我們爬上樓梯來到玄關，通過廚房，經過餐廳來到客廳。

我假裝無所謂的樣子說：「這是什麼地方？我以為你要帶我到警察局。」

「什麼警察局？」

「你說要見頭子呀！」

「你馬上就可以見到頭子，頭子住這裡。」

「你們是警察？」我問。

那人用誇大的驚奇表情看著我。「警察？」他說：「什麼人說我們是警察？我們可沒有說過是警察！我們只告訴你頭子要見你，頭子是我們對大人物的尊稱。」

我知道多說也沒有用，就保持靜默。

「隨便坐。」他又說：「頭子就有空，他要問你些問題，我們就送你回市區，大家愉快。」

我坐在椅子裡等候，快速的步聲從走道帶入一個胖人，紅紅的唇及頰，額角上隨時有汗珠，雙腿細一點，走路快，小步，很輕，有如跳舞，他很矮但真胖，僵直地站在那裡，肚子挺出，自己看不到自己足尖。

「這位是頭子。」高個子說。

頭子笑臉地點點頭，他的禿頭在肥頸上動使我想到浮在臉盆中的軟木塞。

「法萊，他是什麼人？」

扁鼻子法萊說：「他是姓柯的女人僱用的，姓柯的開一家偵探社，他們受僱為離婚案給韓莫根送達傳票，他就在白京旅社裡晃來晃去。」

「對對對，」頭子急急地說，搖頭擺腦慇懃地笑道：「就是你，對不起我一下子記不清楚，你尊姓大名呀？」

「賴，賴唐諾。」我說。

「對對，賴先生，我真高興認識你，你能來這裡真是好。現在告訴我你是在替——法萊，替那什麼名字來著？」

「柯白莎——柯氏私家偵探社。」

「喔，對對對，你是替柯氏偵探社工作。」

我點點頭。

「你替他們工作多久啦？」

「不太久。」

「工作還適合嗎？」

「馬馬虎虎。」

「對對對，我敢說年輕人有這種開始也不錯的，有很多機會可以表現才能、勇氣和急智。你將來會有出息的，有出息的，你看起來很機警，很識時務。」

「過獎了。」我說。

他的頭上下點動著，頸部脂肪像洗衣板樣皺著，抖動著，後腦部稀疏的幾根長髮垂在後頸像隻刷子。

「告訴我你什麼時候見到韓莫根的。」他咕噥地說。

「我只向柯太太一個人回報。」我說。

「對對對，當然，我沒有想到這一點，是我不對。」

一扇門打開，一個巨大的女人走進來，她不是胖，只是巨大，寬的肩，大的髖部，很高，她穿一件長袍更顯出頸部下寬的斜度和上肢強健的肌肉。

「正好，正好，正好，」胖男人說：「我們的小美人來了。你來得正好，麥琦，我正在請問賴先生有關韓莫根。寶貝，這是賴唐諾，是位私家偵探，替——替——法萊，叫什麼名字來著？」

「柯氏私家偵探社。」

「對對對，他替柯氏偵探社工作。」胖男人說：「法萊，那個開偵探社的女人叫什麼來著？」

「柯白莎。」

「對對對，就是叫柯白莎，請坐，親愛的，看看你要問點什麼，賴先生，這是內人。」

我知道我的厄運還沒有走完，看得出這個女人比胖男人不好纏。我起立微彎著腰，儘量裝出不心虛，還有點真心真意的地說：「真高興見到您，夫人。」

她沒有表示。

「請坐，賴，請坐。」胖男人說：「想得到今天你已經很累了，你們做偵探的就是東跑西跑，我們長話短說，賴，我們剛才說到哪兒啦，喔，對對對，你負責要找到韓莫根並且把傳票當面交給他是不是？」

「假如你要知道詳情，我建議你最好和柯太太聯絡。」

「柯太太——柯——喔！那個開偵探社的女人。對對對，這是很好的建議，賴，可是你看，我們時間有限，我們現在也不知道這位女士在哪兒，無疑的，要問的你都知道。」

我什麼也沒有回答。

「這樣，」胖男人說：「我希望你也不要太固執。賴先生，我真的希望你並不固執。」

我保持靜默，扁鼻子男人向前走了一步。

「等一下，法萊。」頭子說：「不要衝動，我們請賴先生自己講。不要打擾他，不要催他。賴，我們現在開始。」

我很有禮貌地說：「能不能請你告訴我，你要知道什麼和為什麼你要知道？」

「對對，公平交易。」胖男人微笑的樣子使他雙頰凸起，說話的聲音必須要擠過喉部頸部的肥油和拉長的嘴唇。「真是公平交易。做人一定要公平交易。我們告訴你你想知道的，你告訴我們我們想知道的。你看賴先生，我們也是生意人，我們已經和韓莫根合作很久，莫根對我們有某種義務——對我們有某種責任。我們希望他不要忘記這種責任，要他完成這種責任。你受僱給他送達傳票，我們絕不干涉你的工作——絕不干涉。對不對法萊？對不對阿尊？看他們都知道我們不干涉你的工作，一點也不干涉。不過等你的工作做完之後我們想知道韓先生在哪裡？」

「我實在非常願意和你們合作，」我說：「假如柯太太同意的話，你知道她是我老闆，我實在不能自己作主。」

高的那個人說：「還是先叫法萊給他點顏色看，頭子。據我們研究，事情已經進入情況，這小子一定是在白京等候莫根，有關的人全部都集合在一起。韓仙蒂，她哥哥阿利，阿利是東部趕來的，一來就把鼻子撞斷了，是車禍，另外一個對櫃檯自稱姓何的，這小白臉不知有什麼關連，還有赫艾瑪、柯白莎和這小子。他帶柯白莎離開旅社送上計程車，我們帶他的時候他正要轉回旅社去。」

頭子說：「賴先生，你最好自己告訴我們。因為這對我們很重要，我這些弟兄有時候太衝動。我最反對他們的做法了，不過你也不能怪他們，弟兄就是弟兄。」

「我相信柯太太也非常願意和你們合作，」我說：「假如你和她聯絡，我相信她有對你們有用的情報，她是吃這行飯的——收集又出賣情報。」

「對對對，她吃這行飯。」胖子說：「這也是一個辦法，我跟小美人研究一下。親愛的，你覺得如何？」

大個子女人不惜動一下肌肉來改變面上的表情。她冷冷硬硬的眼光看著我有如看一隻實驗中的動物。「給他點顏色看。」她說。

大個子男人點點頭。

法萊出手快速有如毒蛇出擊。左手指扣住我領帶的結，扭曲著使我窒息。他提起我領帶使我不能不離椅站起。看他行來輕鬆愉快，好像我只是個五十磅的小孩。「站起來！」他說。他右手自下垂情況下升起，用掌側壓著我的鼻子，一直壓進臉部裡面去，眼淚噴出我的眼睛。他說：「坐下！」由於右手的緊壓，我像袋麵粉似的倒在椅中，「站起來！」他說。他抓住我領帶的手又把我提起來。

我試用雙手來解除他壓我鼻子的手掌，他推我推得更快一點說：「坐下！」我覺得我整個面孔已不是自己的了。

「站起來！」

「坐下！」

「站起來！」

「坐下！」

「站起來！」

「坐下！」

「講話！」

他退後一步，放開了我。

「講話！」他重複道：「少浪費時間。」他臉上一點表情也沒有。聲音帶著無所謂的厭倦。好像他常做這種工作，又如不聽他話他會做到你聽話為止。這種工作也許是他日常零工，或是下班了留他工作，他有點冤屈而已。

「對對對，」胖子點著頭友善地笑著說：「你看，賴先生，法萊是對的。他說站起來你站起來。他說坐下你坐下。他叫你講話，你應該講話。」

我摸索著手帕，血從我鼻孔中滴流到臉上。

「不要緊，不要緊。」胖子說：「這只是表面損傷，你講出我們需要的消息，就讓你去浴室好好弄一下。法萊會幫助你，你到底什麼時候見到韓莫根？」

我不經意地搖動我的腿，直到放定一個有利的位置。我說：「去你的。」

胖子伸出一個手掌止住法萊向前的行動。「等一下，法萊。」他說：「不要衝動，這年輕人很有個性，讓我們問問小美人怎麼講，親愛的，我們要不要——」

「你來辦，」她對法萊說。

法萊向我領帶出手。

我從椅中暴起，用全部力量直擊他的胃部。我扭動腰部使全身重量跟在拳頭之後，整個右手全部伸直擊出。

有反應的是我自己的右臂，我右臂麻木疼痛。木椿般硬的拳頭打到我下頦下，我感覺自己被離地拋起。眼睛看不到東西，但是亮光四射，胃部抽搐要吐。我努力使目光集中，正好看到飛過來的拳頭。在我能有任何反應之前，拳頭在我臉上爆炸。從遠遠的距離我聽到那女人在說：「對肋骨多來兩下，法萊。」有東西壓進胃上兩側肋骨交合的部位，我像摺刀一樣彎下腰來，什麼東西撞上我臉，那是地板。

我聽到胖子的聲音，輕輕地，有點挑剔地，像是遠方的無線電話。「慢點，慢點，法萊，不要過火，留著他講話。」

高個子過來站在我前面說：「真是傻蛋，我們已經浪費太多的寶貴時間了，文件都在他身上，他們一切都準備好只等送達了。」

「拿出來看看。」那女的說。

法萊把手指插進我後領，把我拉離地面，像一塊抹布一樣提著，我的頭低垂著。我感覺他手在我口袋摸索，先是裡面口袋，而後外面口袋。

高個子後來知道名叫皮爾，皮爾說：「他只有正本，沒有副本。」

女人說：「你們都是混蛋，副本已經送達給莫根了。」

「那是不可能的。」法萊說。

「為什麼不可能？」她問。

「他進白京旅社的時候，我知道傳票正副本都在她身上。五分鐘之後赫艾瑪進入與他在一起，他們用夫婦名義登記。之後韓仙蒂和她哥哥進來，這小不點又出去。在人行道上他曾從上衣內袋拿出全部文件，確定安全準備送達，又放回原口袋。他去電信局發了份電報。我們查不出收件人是誰。電信局的小姐死得很，怎麼問也問不出來，連鈔票也沒有用。再問下去怕牽出警察來了，只好作罷。我跟他到戲裝出租店，他租了套僕役裝回去旅社，他在裡面二十分鐘，和柯白莎同時出來。」

「柯白莎什麼時候去的旅社？」頭子問。

「我們可不知道這一段。阿吉管旅社那邊。阿吉說大概這小不點回去前二十分鐘柯白莎來到旅社。」

我躺在地上有如在黑暗痛苦的海上，整個胃翻動想吐但吐不出來，呼吸時兩側劇痛，鼻孔中血流不已濺到衣領和襯衫。我實在太弱了，什麼辦法也沒有。

女人說：「打電話給阿吉，告訴他韓莫根一定在旅社裡，叫他仔仔細細查。」

「韓莫根不可能在旅社裡。」法萊堅決表示：「我們有內線，阿吉從上星期開始就住在裡面，我們又絕對知道莫根沒有來——至少還沒有來。莫根每次只有這個地方幽會。」

「你是跟他跑，還是把他從旅社弄來的？」女人問。

「從旅社弄來的。」

「旅社不會漏眼？」

「絕對密封，不可能漏眼。」

「他還是在旅社裡把傳票送達了！」

幾個人幫助我坐起。有人用兩個手指夾住我疼痛的鼻子把我頭抬起來。急拉的動作使我覺得鼻子被連根拔起。法萊的聲音還是懶懶的。「講吧！小不點兒！」

「不要在臉上，法萊。」女人說。

腳脛前面的一腳踢得我清楚了一點。「說呀！」法萊說：「到底見到莫根沒有？」

我聽到電話鈴聲，大家都靜下來。腳步聲走向鈴聲方向。高個子說：「哈囉，什麼人？阿吉？──是的，阿吉──你聽著，阿吉！我們認為他還在旅社裡──我告訴你──他已經見到他本人──當然，不會用他的本名，他現在藏匿著，找個理由一間一間房間查，每個地方看，我告訴你，他在裡面，一定在。」

他掛上話機說：「我們帶這小子走後兩分鐘，韓仙蒂，她哥哥和赫艾瑪一起離開旅社。那個小白臉也走了。阿吉說有人稱呼他是醫生。阿吉看她哥哥有出血，醫生是叫來止血的，他們沒看到其他特別的。」

我的知覺已漸漸恢復，那女人說：「事實已極明顯，賴已見到莫根，送達了傳票，傳票的副本已交給莫根本人，他留下正本只等寫證誓書了。」

頭子說：「賴先生，想不想賺一點外快？」

我什麼也沒有回答。

「假如你想弄點外快，譬如現鈔五百元，或者六百元怎麼樣？我給你安排一下。你告訴我們他在哪裡。我們弄到他付款，絕不食──」

「閉嘴！」那女人用平穩的話氣說：「和他不會有交易好談的，不要被人取笑。」

胖子說：「你聽到小美人說話了吧！她總是對的，受傷重嗎？賴。」

我真的痛得厲害。越感覺稍好一點越痛得厲害，第一拳本來已打得半昏迷狀態，身上麻木減輕，疼痛加重。

電話鈴又響起。頭子說：「法萊，去接電話。」

法萊的聲音：「哈囉，是的。」跟著約兩分鐘的靜寂，又說：「真聰明。」又停了一分鐘說：「不要掛。」走回客廳。「新消息，換個地方報告你。」

頭子說：「阿尊，你看住他。」

我聽到他們走出去，我試著估計自己傷勢。過一回兒聽到法萊對電話說：「哈囉，對頭，我自己來處理，拜拜。」

他們回進客廳。

「法萊，帶他到廁所弄整齊。」頭子吩咐。

法萊帶小孩一樣把我帶進廁所。他說：「算你狠，小子，看樣子鼻子是沒有斷，會痛幾天，一定會好的，讓我們用冷水沖一沖。」

他讓我坐在馬桶蓋上，把洗盆裝滿冷水，脫掉我上衣用毛巾沾了冷水覆在我前額上，我的眼光和思想漸漸可以集中起來。

他說：「領帶太皺了，我們找頭子的領帶換一條，外套上的血漬可以洗掉，襯衫是不能用了，怎麼辦？我們要想個辦法，你坐好，不要亂動。」

他脫下我襯衫，用冷毛巾給我上身冷敷。

我漸漸覺得好過很多。

女人來到廁所說：「這件襯衫多半可用。」

「還要條領帶。」法萊說。

「我去拿。」

「順便帶瓶酒精和嗅鹽來。」法萊說：「再過五分鐘就可以了。」

女人回來，帶來了嗅鹽、酒精、毛巾和領帶。

法萊服侍我有如教練在場與場間休息時幫助拳師一樣。他一面工作一面說：「還好沒有明顯的外傷發青，鼻子會紅幾天，會很疼，不要擤它。現在潑點酒精在頸子後面，感覺好一點是嗎？我們來潑一點到身上，喔，胸部很痛是嗎？不好意思，其實骨頭沒有傷到。打得重了一點，你不應該自不量力來打我。我教你一點怎麼打人，你想用一個右直擊，你就不要拐著向前，最不好就是出擊之前先要把手後拉，等於先告訴別人我要來了。你實在沒有學過最普通的打法，所以連挨揍也不會。給我十分鐘我可以教你拳要怎麼出手，下次你就不會這樣吃虧。我承認你蠻有種。不過你小子太小不點兒了。以後要自己避免被打，這就是所謂下盤工夫。來，再來點酒精，你看鼻血不流了。冷水對這種傷最有用，頭髮有點濕沒關係。把襯衫穿上，試試領帶，配這件上裝刺眼了一點，也不算難看。」

女人在外說：「給他點威士忌，法萊。」

「白蘭地好點。」法來說：「白蘭地可以把他湊在一起。給他來點陳年的，大大的一口，不要怕多，他身子太小，又打得不輕，下頦上一拳夠他受的。朋友還好吧？有沒牙齒活動的？牙齒沒傷沒關係。下頦當然要痛好幾天。」

麥琦帶了杯白蘭地來，法萊說：「這是頭子最愛的牌子。每次飯後消磨閒情就要用這個寶貝。你要一口喝了它。頭子會說這是糟蹋好酒，又會說是烏龜吃大麥，不過情況不同，喝完它，朋友。」

我喝完白蘭地。它真有用，像一股暖流自胃中向四肢神經散發。

法萊說：「好了，我們來把上衣穿上，一起去上車，你有沒有什麼特別地方想去？」

我軟弱無力地給他宿舍的地址。

「那是什麼所在？」

「我租住的房間在那個地方。」

「可以，我們送你去那裡。」

我看到他與女人交換眼神，幫我站起來，走到外間，頭子走向我，紅紅的臉充滿微笑：「你看起來百分之一千好多了，這條領帶也還合適，真的很不錯。我太太去年聖誕送我的領帶。」

他晃著頭自娛不止，走上來把我手握著上下的搖。「賴！你真不賴。不是蓋的。真有勇氣。我希望我的弟兄都像你，你口真緊，你真的不預備告訴我們一點消息？」

「不，」我說。

「不怪你，一點也不怪你。」他不斷搖我的手。「法萊，送他到任何他要去的地方。要好好招呼他，他很痛，不要開太快。賴，也許我們會再見面，世事是說不定的，心裡不要難過。告訴我，賴，沒有心理難過。」

「沒有難過，」我說：「你叫人修理我我記在心裡，有一天你落在我手裡，以牙還牙，所以沒難過。」

有這麼一下子他眼露兇光，但立即又咕咕地笑著：「運動員精神，運動員精神。非常好的。臉上在出血但絕不投降。太可惜，法萊，他沒有肌肉。要不然他出其不意自椅子上起來，你和他還不知鹿死誰手呢？」

「他不夠靈活，也沒力氣，連蒼蠅都打不死。」法萊說：「不過他有種。」

「帶他進城，注意不能讓他認識回來的路。賴，你來這裡拜訪我們很高興，我們不希望你再來。萬一再來的話不要一個人來可以安全點。」為他自己的笑話他大笑著。

法萊說：「來，把眼罩給他帶上，我們上路。」

帶上眼罩，他和皮爾各據一側帶我經過玄關，下樓梯進入汽車，車庫門開啟我們車子開出，新鮮空氣吹到我臉上。車子左拐右轉了五分鐘，皮爾拿去了我的眼罩，「好好靠著坐墊，我會請阿尊儘量開慢一點。」

阿尊是個好駕駛，一路平安地到了我的住處。我注意到他仔細觀察附近情況。他停車，開門。幫助兩人協助我步上門前台階。史太太開門看著我，一個欠房租五週的房客，喝醉了酒被人送回來。

法萊說：「夫人請勿誤會，這個人沒事。他遭到一個小車禍。我們帶他上去休息一下就好了。」

她走近我，嗅了一下我的呼吸。「我也相信是車禍。」她說：「撞上了一卡車威士忌。」

「白蘭地，夫人。」法萊說。「陳年白蘭地，是頭子的專利品，給他提提神的。」

「我今天找到了一個工作。」我告訴她。

我看到她眼睛亮了一點。「房租怎麼樣？」她問。

「下禮拜。」我說：「發薪水就付。」

她嗅著說：「工作，我想你是在慶祝吧。」

我從口袋裡摸出柯太太給我的服務證交給她看。她疑問地說：「一個私家偵探，嗯？」

「沒錯。」

「我倒不覺得你像個私家偵探。」

法萊說：「別小看人，夫人。他很有種。這小子，他做什麼都會很成功的。還真不賴。賴，我們要說再見了、終有一天會再見的，拜拜。」

他們轉身，走下台階，我對史太太說：「快，去看那車的車牌號！」當她猶豫不決的時候，我趕緊解釋：「他們欠我不少錢，討回來就先付房租。」

有了這個刺激她走出去站在門廊上。法萊他們撤退得乾淨俐落。史太太回來說：「不能太確定。車號一五二五，前面字母不是N就是M。」

我摸出筆來把二個號碼都記下。蹣跚爬上三層樓。她站在扶梯旁看著。「不要忘記，賴先生。有錢先付房租。」

「不會忘記，」我說：「絕對不會忘記。」

第七章　夜半槍擊聲

沉重堅持的敲門聲把我從半昏迷狀態拉回現實。我聽到房東太太在叫：「賴先生，賴先生，起來。」

我伸手開燈，身體好像要裂開來，跛行到閣樓小臥室門前去開門。房東太太穿了一件褪色的藍便袍。活像一袋洋芋上面長了個頭。長袍下露出白色法蘭絨睡衣的花邊。她刺耳的聲音帶著憤慨：「我不管你找到了什麼新工作。我反正已經受夠了。我不斷讓你欠房租，現在——」

「到底怎麼啦？」當我用腫起的鼻子嘴唇來說話時，連我自己也覺得聲音怪怪的。

「一個女人在電話上說一定要找到你，把我耳朵也叫聾了，說是性命交關。電話一次一次響。全宿舍人都吵醒了，害我爬了三層樓梯，叫門叫不醒，你睡得像——」

「非常感激，史太太。」我說。

「感激？把每一個房客吵醒，我這裡——」

我勉強使自己失靈的身體開始活動，快步回房，抓了件浴袍披在睡衣外，把腳套進拖鞋，下樓好像是很遠的距離，腦裡想到艾瑪，只祈求是柯白莎為新任務打電話來，她是可能會做出這種事來的。話機在電線下晃呀晃，我搶著抓起放到耳上：「哈囉。」而聽到艾瑪的聲音：「嘎，唐諾，找到你好極了。出了事了！可怕極了。」

「什麼事？」

「電話裡不便告訴你，你一定要過來。」

「你在哪兒？」

「我在仙蒂公寓底電話亭裡。」

「我到哪裡見你？」我問。

「我就在這裡等。」

「你說在公寓裡？」

「不，在電話亭裡，實在太可怕了。快來。」

我說：「馬上，不要怕。」掛上電話儘快爬上樓，把疼痛的肌肉勉強發揮作用。史太太慢慢扶住把手下樓時，我已一溜煙經過她身旁。她酸酸地說：「屋裡還有其他付房租的房客要睡覺，賴先生。」

我回到房間，將浴袍睡衣脫掉，把自己塞進衣服鞋子，下樓時兩手在繫領帶，走上街道時兩手在扣鈕子，雖然明知運氣不錯正好有計程車路過，但等他開過來，靠邊，有如一世紀。爬上車吩咐目的地，順便問他幾點鐘。

「兩點半。」

我的錶當舖不收。匆匆出來仍留在床頭櫃上。我摸下口袋，確定白莎給我的證件在身。我抓出一把硬幣跟著計費表跳動而往上加硬幣。車停時正好只剩一毛錢，我就連這一毛也給他作小費，公寓門鎖著。門廳有燈，接待櫃上無人。我用腳尖踢門希望艾瑪能聽到。她一下就聽到了，從電話亭出來，來到門廳。

我驚訝地看著她。她穿的是絲睡衣，外面一件若有若無的長袍。她開門，我問。「艾瑪，怎麼啦？」

「我槍擊了一個人。」她用輕輕的啞聲告訴我。

「什麼人？」我問。

「不知道。」

「殺死了？」

「沒有。」

「報警了？」

「沒。」

「我們一定要報警。」

「但是仙蒂不會要我報警，而阿利說過——」

「不要管仙蒂和阿利。」我說：「就用這個電話亭報警。」

我扶她轉向電話亭。

「唐諾，我認為先告訴你發生什——」

「假如你開槍打了人，」我說：「你應該聯絡警方告訴警方全部事實。」

她回向我說：「我要向你要一毛硬幣打電話。」

我找遍所有口袋也沒有一毛硬幣，最後一毛硬幣已給了計程車了，我看那電話機，沒有硬幣絕對通不了話。

「你怎麼有錢打電話給我的？」我問。

她說：「一個男人進來，他喝醉了，我告訴他我丈夫把我關在門外，向他要了一個硬幣。」

「好，我們就先回公寓看看。」

「不行，我的鑰匙反鎖在裡面，門上用的是彈簧鎖。」

「我們等下找管理員，先告訴我出了什麼事。」

「我睡醒時突然知道房裡有人。他彎著腰頭正好在我鼻子上，準備要扼我。由於昨晚可怕的經驗我幾乎嚇呆了。我想到你告訴過我應該怎麼做。你說過只要用槍，打不到他也會有效果。所以我從枕頭下拿出手槍就開了一槍。我把槍放進枕頭下時已打開保險。我一生從來沒這樣怕過，槍聲太響了，我耳朵都震聾了，我拋掉槍就大叫。」

「之後呢？」

「我從床邊抓起這件袍子……我後來知道一定是我自己抓起的袍子，我完全不記得。我開門跑進客廳時，袍子在我手裡。」

「你跑進客廳後做什麼？」

「我又衝出走廊。」

我說：「如此，他可能仍在公寓裡，除非從窗戶逃走。你打中他的機會是太少了。」

「不過我真的打中他了。」她說：「我聽到一種特別的響聲，就是子彈打中人的聲音。我聽到他倒下的聲音。」

「你怎麼知道他倒下了？」

「我聽到了。」

「之後有沒有再聽到他移動的聲音？」

「有，有想要移動的聲音，我有聽到點聲音。我完全嚇昏了。我拚命跑向電梯，房門在我後面自動鎖上了。我站在電梯前才發現自己陷入了窘況。看我連拖鞋也沒穿。」

我往下看到她擦指甲油的趾甲說：「我們去找這裡的經理，不要怕，艾瑪！也許是小偷。也許有人以為莫根有點錢私藏著來摸摸看，再不然有什麼重要文件，仙蒂在哪兒？」

「她不在家。」

「阿利呢？」

「我不知道——在睡——我想，在另外那間臥室。」

「他難道沒聽到槍聲？」

「我不知道。」

「艾瑪，」我說：「想想看，會不會是阿利他——」

「他到我房裡來幹什麼？」

我實在也想不出有什麼理由，我就沒有回答她的問題。我說：「我們找經理，讓他開——」我突然停止說話，因為有一輛大車靠邊停到公寓門前，我把她推進電話亭，「有人來，」我說：「也許可討一個硬幣報警，這比找經理好多。」

「我皮包裡有錢，只是先要打開房門。」她說。

「我們先看看是什麼人來了。」

是輛大型房車，駕車的在暗中模糊不清，沒有什麼特徵，一個女郎坐前座更阻擋我觀察的視線，她顯然在向他道晚安，他沒有下車替她開車門或看她進公寓門，只等女郎自己下車就把車開走。女郎自皮包中拿出鑰匙，她走近門廊我認出她是韓仙蒂。

我走回電話亭說：「仙蒂回來了。你可以跟她上去，艾瑪，告訴我，為什麼沒有人聽到槍聲？」

「我不知道。」

「你想他們都聽不到嗎？」

「即使聽到，也沒有什麼行動。」

韓仙蒂用快速小步走進來，明眸紅頰有點飄飄然的愉快，我自櫃邊出來迎向她：「你好。」

她意外地見到我，更驚訝見到艾瑪只穿薄袍、睡衣和光腳。

「怎麼回事？」她說。

「假如你正好有個硬幣，」我說：「我們就打電話報警，艾瑪在你公寓中槍擊了一個人。」

「什麼人？」

「小偷。」艾瑪急急搶著說。

「同一個……」仙蒂自動中斷她的問話，雙眼看著艾瑪脖子。

艾瑪點點頭：「我想是的。」

「哪來的槍？」

我說：「是我給她的。」但艾瑪很快地說：「我早就有的，我在堪薩斯城就有的，我一直放在箱底帶來的。」

仙蒂說：「我們最好上去看看情況再——」

「不可以，」我打岔說：「已經延誤太久了，我們報警。」

仙蒂說：「怎麼啦，你一毛錢也沒有呀？」

我說：「沒有。」

她打開皮包，拿出一毛錢交給我，我走回電話亭，仙蒂及艾瑪站在電梯旁低聲地交談，這時我聽到遠處低低警笛聲，快速朝這裡來，我剛把電話聽筒拿起，一輛無線電警車已過來停在門口。我開始瞎撥號碼，留在電話亭中不使發現，一位警官走上兩級石階，試著推門，又轉動門把，仙蒂過去讓他進來，自沒有閉緊的電話亭裡，我可以聽到警官說：「有人報告四一九室有槍聲，你們聽到什麼嗎？」

韓仙蒂說：「我住在四一九。」

「喔！你住四一九？」

「是的。」

「是不是有開槍？」

「我剛回家。」

「這位是誰？」

「她和我住一起——是有槍聲，我想她有聽到。」

「我們一起上去看看。」

他推她們兩位一起進入電梯，電梯門關起，開始上升，電話中有鈴聲，一個男人帶著睡意說：「哈囉。」我掛斷電話，很明顯外面的一幕戲沒有人提起過我。

電梯指示針劃過一個弧度停在四字上，我等候一、兩分鐘看它有沒有再下來，它沒有。我壓幾下按鈕，它也沒有下來的意思，那表示警官讓電梯的門開著，這麼晚的時間一般公寓都只留一座自動電梯工作。

我只好爬四層的樓梯來到四一九室門口。

房門開著，我聽到聲音自右側的臥室中傳出，燈都亮著。我走進公寓自臥室門向內望，兩位女士站著面對警官，赫艾瑪臉色蒼白緊閉著嘴，韓仙蒂臉無表情。伸手伸足仰躺地下，兩眼睜著反射出天花板上的燈光，是韓莫根的屍體。

警官問艾瑪：「這支槍你哪裡弄來的？」

「早就有的。」

「什麼時候買的？」

「不是買來的。」

「什麼人給你的？」

「一位紳士朋友。」

「叫什麼名？什麼時候地點？」

「在堪薩斯城。很久以前的事了。」

韓仙蒂自警官的身後看到我，她眼睛眨了一下，伸起手來遮住嘴唇又快速拿下，及時的揮一手腕叫我離開。

警官不是看到了動作，就是從她眼神中得到警覺，轉過身來發現我站在身後。

「你是誰？」他問。

「出了什麼事？」我問道。兩眼盯著地上屍體，用腳尖踮起又放下。

韓仙蒂說：「這位先生好像也住在本樓。」

警官過來用手推我，「你出去，」他說：「這是他殺事件，我們不歡迎不相干的人來湊熱鬧。你姓什麼？你住——」

「那為什麼不掛個牌子在外面？」我說：「我以為這裡有急事，門是大開著——」

「好，好，出去！出去！我們馬上關門。」

「不必太凶，門開著我就有權看一看，你也無權趕我走，我又不是——」

「誰說沒有權趕你走？」他說，踏前一步用大大的毛手一把抓住我背後。在兩肩之間，因為外套皺起，所以在他而言等於我身上裝了個把手，把我提到門口向外一推，差點撞上門對面的牆壁，我身後的門被重重推上。

警察就是如此，假如你想溜，他們就扣住你問三問四，你裝著硬想留下，他們把你摔出去，什麼也不問，這位警官就充份證明他對付稅老百姓的優越感。

我還沒完全清楚裡面發生的事情，韓仙蒂的手勢已是夠明白，我不必自己硬蹚這淌渾水。我用電梯下樓，每次呼吸我的肋骨仍在疼痛，警官給我的小修理傷害倒不大。

無線電巡邏警車在門外候著，另一警官在車上戒備，聽著警方廣播手中在做著記錄，我走出來時他仔細地看著我，無線電在形容他案須緊急通緝犯人的特徵，他就讓我自由地離開了。

我漠不關心神氣地走著，間或回頭看看，一如想找一輛計程車似的，隱隱聽到警車在廣播：「年約卅七或卅八，身高五呎十吋，約一百八十磅，灰藍輕便氈帽。——黑色襯衣——紅小點領帶——最後見於——脫逃中——犯有……」

我走到十字路口攔了輛計程車。

「去哪裡？」計程駕駛問。

「向前直開，我會叫停。」我說，車向前走了六七條街，我突然想起身上一毛也沒有，我估計從此到柯白莎住處約須六角五分，我把地址說出自己向後靠上車座。

「在這裡等。」我對駕駛說，走出車子來到公寓房子門口，找到柯白莎的名牌，按她的鈴，萬一柯白莎不在家，我真不知怎麼應付計程車駕駛了。

出乎意料開門聲音不久響起，我推門進入。過道沒有燈，我摸索著找到開關也找到電梯。白莎住第五層，我輕易地找到她的房間，電燈亮著，我剛要敲門白莎已把門打開。她頭髮鬆亂，散亂在頭上，當然是因為我這種時候把她吵起的原因，她的胖臉腫腫的，但兩眼還是像鑽石一樣閃爍著在浮皺的眼眶裡發光，一件絲質浴袍包著肥軀在腰際有一個帶結，大大的喉部及胸部在過低的前胸開口下，一覽無遺。

「看你弄得狼狽樣。」她說：「什麼人揍你了？進來進來。」

我走進公寓，她把門關上，她的公寓是兩間帶個小廚房那一種，小廚房只通客廳，臥室門半開著，床上被子推向一側，床頭櫃上有電話，一雙長絲襪搭在椅背上。一堆外出服糾結在一起拋在另一隻椅子上。客廳尚整潔，空氣因煙味太濃而顯得極不新鮮，她走向窗前，把窗打開，重新打量我說：「怎麼回事，撞火車了？」

「碰到鬼，給猛揍了一頓，又被警察修理。」

「喔！這樣？」

「是的。」

「先別告訴我，讓我先找到香菸，看我放哪兒去了？我上床前才開的一包——」

「床頭櫃上。」我說。

她看看我。「你還挺有想像力的。」跌坐進一隻很舒適的椅子中，理所當然地說：「進去給我拿出來，唐諾，我好好抽幾口之後，再來聽你要說些啥。」

我替她拿到香菸，給她點上，她指了指前面的足凳，我用腳把它移到合適的位置。她踢掉拖鞋把腳擱到足凳上，扭動身體到一個最舒適的位置，猛抽了幾口菸說：「講。」

我告訴她我知道的每一件事。

她說：「你上床之前應該先告訴我，應該打電話給我。」

「那時他還沒有被殺。」我說。

「喔！那件謀殺案，殺人事警方會處理，我說的是這些壞蛋，他們綁你票，向你要消息，對我看來倒是現成鈔票，你讓我們錯過機會了。」

電話鈴聲響起。

她嘆氣說：「唐諾，給我把電話拿出來，你可以把插頭拔出來，插到這裡來，很方便的設計，快點，不要讓對方掛上了。」

我跑過她臥室，隨了電話線找到插座，拔下電線，走回客廳，把電話交給他，又把插頭插進插座。

她拿起話機說：「柯白莎。」

對方不斷的說著話，我看到她的眼裡有高興的表情。

「你要我為你做些什麼事?」她慢慢地問著。

對方又咕咕地說了不少話,柯白莎說:「對這種事我要五百元——現鈔。過後我可能還再要一些,我不能保證一切——沒辦法,親愛的——保險箱有錢對我沒有用,他們一定會查封的——好,五十元算是明天一天的,我暫時不會讓他出面,我現在來也不妥,等警方走了我再來,和他們作對沒什麼好處,現在幾點鐘了?——好,就算一小時到一小時半。除非他們帶你去警局,否則你在家等我來。我想他們不會帶你走。」

她掛上話機,嘴唇有著滿意的微笑。

「韓仙蒂。」她說。

「請你調查她丈夫的死因?」

「要我照顧赫艾瑪,她可能會被捕。」

「警察太冒失了,」我說:「那個人要扼死她。」

「不見得,」她說:「韓莫根是背部中彈的。」

「背部中彈!」我幾乎跳起來。

「嗯哼,他中彈時很明顯是想離開房間,子彈透頭而出嵌在門上,彈道模擬看出當時他一手在門柄上準備開門外出,自後中彈而亡。」

「到底他到她臥室來幹什麼？他要找什麼？」

「也許想喝口冷水，」她說：「但是警方不會喜歡女人從背後槍殺男人，又報稱受到侵害的。」

「房裡沒有燈光呀！」我說。

「他已經在逃離。」

「之前他已經想扼死過她。」

「有這種事？」

「是的。」

「告訴我。」

我告訴她，她仔細地聽著：「那又怎麼知道是同一個人，也是韓莫根呢？」

「推理。」我固執地說。

「警方要證據，即使推理也要找到證據才有用。」她說：「唐諾，打電話給警察總局車輛登記科找值班的警員，告訴他這是柯白莎的偵探社，查一查這兩個你記下的車號車主是誰，我去換件合適的衣服。」

她摁熄菸頭，吐出長長一口煙，用力把自己自椅中舉起，一面把絲浴袍脫去，一面走向臥室，她換衣服的時候也懶得去關上臥室的門，我雖見不到但能聽到她移動，她也能聽到我在打電話問車輛登記科。「N一五二五車主姓薩，薩喬治，市府街九三八號，在另外一個城市，M一五二五，車主孔威廉，住九〇七衛樂路，本市。」

我記下姓名地址掛回電話，柯太太在臥室裡說：「那個薩喬治不太像我們要的人，在衛樂路的可能是正主，唐諾，你認為如何？」

「有可能，那房子是在那一區。」

「叫部計程車。」

「我有一部在下面等著。」

「你是不是把計程車當做你私家座車？」她問：「再不然你夢想這也可以報公帳。」

我相當震怒地說：「我這不是在替公家做事嗎？」

她靜默了數秒鐘，我坐著猜測她是要開除我，還是要忍受一點。

「沒錯，」她用母性的聲音說：「我們下去就用那部車，唐諾，親愛的，我會記下計程表上現在是多少車費，發薪水時照扣，走吧。」

第八章　情報買賣

計程車帶我們到衛樂路，一路看著門牌，柯太太對駕駛說：「我們要去九〇七號，但不要停車，慢慢地開過去讓我們先觀察一下。」

駕駛沒有意見，這種深夜車資是照例提升固定百分比的，顧客也一定有特別理由才在這個時間行動，再則越不與顧客辯論小帳也一定越多。

「唐諾，好好看看。」當計程車經過座落在街角的九〇七號時，白莎吩咐著。

我特別注意到車庫的行道，自車庫研究房子方向結構，說：「蠻像的。」

「不能確定？」

「不能。」

「相當冒險，但我們反正要試一試。」她說：「駕駛，轉回頭，停在前面街角那房子的對面。」

駕駛照做，「要我等候？」他問。

「對，要等。」她說。

我把門打開，她把車門拚命推得更直以便自己出來。門上的鉸鏈被推得吱吱叫，駕駛沒說話，看著我們跨過馬路走向黑暗靜寂的大房子。我摸索找到並按響門鈴，鈴雖然在門裡，但深夜中聽來特別清楚。

「由我來發言，還是由你發言？」我問。

「假如是這個地方，給我暗示一下，我來處理。」

「就這樣決定，」我說：「假如是由我沒見過的人來應門，我一定要進入客廳，才能決定是不是這一家。」

「可以，告訴他們我病了，你急著借用電話找個醫生，你見到那房子電話在哪裡嗎？」

「當然。」

「那一切沒問題了，不要按太多次鈴，我看夠了。」

我聽得到二樓有了聲響，一扇窗推開，一個男聲說道：「什麼人？」

我輕輕對白莎說：「像是頭子。」

柯白莎說：「我來送一份緊急的消息。」

「門下面遞進來。」

「不是那一類的消息。」

「你什麼人？」

「你下來我就告訴你。」她說。

有一會兒那男人似乎不能決定，而後他把窗關上。燈亮了，是一條直線，顯示窗簾布很厚，再一會兒樓梯上有腳步聲傳出。

「到我後面來，唐諾。」她吩咐：「讓我站前面。」

門廳燈亮起，我們都在光線之中，柯白莎直直地站在正門橢圓形玻璃窗之前，腳步聲停止，我知道有人在那窗後向她探視。

大門打開一條縫，那男人說：「什麼事？」

我轉到前面來以便看清他的臉，正是頭子，他穿著淺色質地甚好的睡衣、拖鞋，沒穿外袍。

我說：「您好，頭子。」

一時他愣在那裡好像大禍臨頭似的，而後他胖嘟嘟草莓樣的嘴唇橫出了笑容。他說：「喔喔喔，是賴先生。我沒想到那麼快就見到你，我想到你找得回來，但那麼快——這位朋友是誰？」

「柯白莎，」我說：「柯氏私家偵探社的頭子。」

「難得難得難得。」頭子說：「真是幸會，我正要向你請教，你——你——小姐還是太太？」

「太太，」她說：「柯太太白莎。」

「幸會幸會，」他鞠著躬：「你真幸福可以用到像賴一樣又能幹又勇敢，動作那麼快的人幫你忙，我看他真行。觀察力真強。請進，請進。」

他站過一旁讓出路來，我猶豫著，柯太太像隻船超過我前面直入客廳，我跟進，頭子關門上門：「賴，你還是找到路回來了？」

我點點頭。

「我一定要告訴法萊，我會跟法萊講，這完全是他的失策，使你找得回來，你肯不肯告訴我你怎麼找回來的？」

柯白莎說：「是的，讓他以後告訴你。」

「好，好，我們不要傷感情，」頭子說：「請你們隨便坐，對不起，現在沒有人給你們倒酒。」

他打開客廳的燈讓我們進入坐下。

一個女人的聲音從二樓樓梯頭上向下說：「什麼人哪？親愛的。」

「下來吧，親愛的，穿點東西下來，我們有兩位貴賓。你也認識一位，我很希望你來見見他們。」

他向柯白莎微笑著說明：「我所有會議都請小美人參加，婚姻本是合夥生意，兩個腦袋總比一個管用，情況有變化時我先找小美人。」

樓上一扇門砰然關上，樓梯吱吱作響，我們聽到隨著吱吱聲下樓，突然靜寂是因為軟底拖鞋已站在客廳裡的緣故，她沒有把我放在心上，兩眼注意著白莎。她進來時我站了起來，頭子沒有。我說：「孔太太，您好，是孔太太沒錯吧？」

胖男人說：「孔不孔沒關係，反正姓只是姓。對對，就是姓孔吧。這位是孔太太，我內人，這位是柯太太，我想你們兩位會成為我們好朋友的。」

那又高又大的女人向下望著矮胖的女人：「柯太太，你好。」

柯太太說：「你好，我希望你不要太多禮，我喜歡隨便一點。」

孔太太坐下，眼光是敏銳的，但帶著份小心。

頭子開口：「柯太太難得光臨，有什麼貴幹？」

「鈔票。」柯白莎說。

他的唇上又出現草莓式的微笑：「嗯，柯太太，簡單明瞭，一語中的，我就喜歡這種做生意的方式，我平生最喜歡直接，不要兜圈子，是不是，親愛的？」

他問最後一句話的時候，並沒有轉向他太太。明顯的他不期望他太太回答，他太太也並沒回答他。

柯太太說：「我們可以談談條件。」

「不要誤會，」胖男人說：「我不知道這位賴先生對你說了什麼，但是他到這裡來除了我們給他非常友善的接待以外，他——」

「放心，」柯太太說：「我們不要浪費時間討論那件事，你修理他——對他說不定有好處，也是訓練，你高興可以再來一次，只是不要使他明天八點半上不了班。下了班他做什麼，與我無關。」

頭子笑出聲來：「柯太太你真是有個性，爽快得可愛。真是好朋友，我們應該多認識認識，告訴我，你光臨舍下是不是有什麼特別的目的？」

「你要韓莫根的消息，我也許對你有幫助。」

「喔喔喔，你真好，柯太太。這一點我們會十分感激。尤其你肯那麼早親自來這裡指教，當然時間因素十分重要，我們越早知道就越有利，柯太太你能告訴我們什麼呢？」

柯太太說：「我們已經把傳票送達給韓莫根了。」

「喔！你已經給他了。」

「當然，辦妥了。」

「你看，」他說：「我一再強調賴唐諾已經完成任務，小美人也同意，你是在旅社裡見到他的，是嗎？」

「唐諾，不要回答。」

「我沒有呀！」我說。

頭子轉向他太太：「你看，親愛的，合作無間，他們很有默契，使我們跟他們做生意很有信心。」

她沒有接話，頭子又轉向柯太太：「這樣，柯太太，我也不知道怎麼講，你以為我們急著要莫根，事實並不完全如此，你有你開偵探社的看法，你以為如此而已。我們來協調一下，免得爭論。我們只要和莫根說幾句話，怎麼樣？」

「值多少錢？」

「這個——」那胖子撫摸著兩層的下巴：「倒是一個很特別的生意。」

「也是一個很特別的情況呀。」白莎說。

「是的是的。真是的——唐諾那樣快就回來我有一點失措，實在有點怪怪的，我已經想到各種避免他回來的方法。」

柯白莎說：「我知道什麼地方可以找到韓莫根，你不可能和他通話，這個消息對你值多少錢？」

微笑在胖子臉上凍結，草莓嘴上面的眼色警覺、明顯。

「你的意思是他在獄中？」

「我說你不能和他通話。」

「他又喝酒了？」

「我說你不能和他通話。」

「你想要多少錢？」頭子問。

「值多少就要多少。」

「為什麼不能和他通話？」

柯白莎說：「我不願占你便宜，正經生意事先告知。」

「他不會是死了吧？」

「我不能告訴你他在哪裡。」

胖子看他太太，她搖搖頭，姿態表示什麼不易知悉。

頭子轉回頭向柯太太，他現在好像已輕鬆多了，「對不起，」他說：「這消息對我們一毛不值。真抱歉，我一直說你有很好潛力。對賴我也有信心，也許有一天我會惠顧你們偵探社，到時你們可能有表現機會。」

孔先生又轉向他太太說：「親愛的，你有什麼想法，你看賴先生是不是真是個能幹的年輕人。」

孔太太平靜地說：「法萊不應該用大房車送他回去，賴看到了牌照號碼。」

孔先生強調地搖頭：「不可能，我叫法萊用我的大房車，特別叫他停車時要熄燈，送賴先生回家絕對確定他看不到時才開車燈。」

「賴就是看到牌照才找得回來。」孔太太平靜確定地說。

頭子用大拇指及食指捏著他下垂的下唇，「我希望這不是因為法萊的不小心。」他說：「我不想失去法萊，最不應該就是像他這樣特種體力的人，往往低估體弱的人以為他們無能，是不是？親愛的。」

「我們以後再和法萊算帳。」她說：「目前我們討論僱用柯太太及賴先生。」

「不要把我計算在內。」我說。

柯太太說：「不必顧慮唐諾，他替我工作，一切由我作主，你有沒有個底價？」

「沒有，一點也沒有。」

他的語音缺乏決定性，因而白莎也不以此為意，她只是坐在那裡等候，孔先生又向他太太瞥了一眼，把自己的下唇揪成一個怪模怪樣的形態。「我對你坦白地說，柯太太。」他說：「依我們目前言來，時間十分寶貴，我們在爭取時效，我們是需要一些情報，我覺得你可能有我們需要的情報，我們可以談談。」

「你談，我聽到。」

「這樣不行，必須要交換情報才行。」

柯白莎說：「我不要你的任何情報，如果你要我的，就要花錢買。」

「是是，我瞭解。」孔說：「為了瞭解你知道多少，又對我們究竟有沒有用，我們還是應該聊聊。」

「那你聊呀！」柯白莎說，扭動著身軀在找比較舒服的坐姿。

孔說：「目前我不要韓莫根，我們要莫根情人的消息，我的弟兄疏漏了這一著，真是太壞了，我知道白京那邊有一場熱鬧，我知道莫根和人見面，我不知道什麼時候，我不知道和什麼人，顯然我們要找的女人登記莫太太，我的弟兄太注意莫根就沒太注意那女人，被她溜掉了。」

孔先生停下來目的是希望柯太太講話，她沒有開口。

「我們非常有興趣想得到他情人的一切資料。」孔說。

「要知道多少？願付多少錢？」

「我們要知道她住哪裡。」

「我可以幫忙。」柯白莎說。

「能不能面對面見到她？」

「可以。」

孔先生又瞥了他太太一眼，她保持石膏像一樣無表情，得不到暗示，他向柯太太說：「這太好了，不過柯太太，我給你坦白的說，我們一向不贊成別派的人幫我們忙，主要是有人得了約定利益，有時再想分一杯羹。我們不喜歡，我想賴先生會告訴你，欺騙我們對自己健康絕對有損。」

柯白莎說：「不必威脅我，我的健康情形非常好。」

「哈！哈！哈！」孔先生笑著說：「那很好，你健康情形良好，我也相信你健康良好，我滿意你處理事情的樂觀態度，我可能要僱用你的服務。」

白莎說：「等下離開這裡時我要去看韓仙蒂，假如你有足夠的錢僱用我，我為你工作。假如韓仙蒂有足夠的錢要我為她工作，我為她工作，我要選錢多的一方為他工作。」

「你是逼我出個價？」

「正是。」

「然後你再去問韓太太她出多少？」

「不錯。」

「接受錢多的一方？」

「嗯。」

「這我不喜歡，」孔說：「我真的不喜歡，也不合倫理道德。」

「不要掛念我合不合倫理道德使你失眠，」白莎說：「我只是十分坦白而已。」

「是是，你非常坦白是沒問題的。柯太太，你見到韓仙蒂會不會告訴她我們討論的這一段呢？」

「不一定。」她說。

「怎麼說？」

「要看韓仙蒂要我做什麼及付多少錢。」

「我們不喜歡你說起這邊的一切，這是暴露他人對你有信心時所講的私情，這違反私家偵探職業道德。」

「不見得，」白莎反駁著說：「你不是我僱主，你沒有請我來，是我自己找到這裡的地址。」

「你使事情相當複雜化，柯太太。」孔說。

白莎長長嘆口氣：「我們說得太多，湊不到一塊去。」

孔威廉說：「好，就算我對你建議很感興趣，在我出價前我再要多知道一點，以免吃虧。」

「要知道什麼？」

「我要知道你真能面對面見到莫根的情婦，我要知道你們真見過莫根而不是被別人開的玩笑。」

「什麼意思別人開玩笑？」

「韓仙蒂要離婚，她一定要把傳票給莫根，她可能找一個人偽稱是莫根，你以為莫根今天去了白京旅社，我們則百分之百知道他沒有去。」

柯太太打開皮包，拿出一支菸，放到唇間，摸索著火柴，點上了菸說：「告訴他，唐諾。」

「告訴什麼？」

「有關送達傳票的一切，我叫你停就停。」

我說：「韓仙蒂僱用我們，我去她公寓拿到韓莫根的照片，是近照，我看過她沒有在相簿或相片上做鬼。」

「這一點沒錯，」孔先生說：「那些相片我也看過，相片在你口袋，和傳票正本在一起，是韓莫根沒錯。」

我說：「仙蒂的哥哥，湯百利，他們叫阿利從堪薩斯城來——」

「從哪裡來？」孔先生打斷地問。

「從堪薩斯城來。」

頭子有意義地看了他太太一眼，說道：「說下去。」

「阿利來協助仙蒂，他和莫根很熟悉，事實上他對莫根的友好也比他對仙蒂為多，他願意協助我們找到莫根，唯一條件他要確定仙蒂不過份欺負莫根，他對仙蒂並不太熱心，他主持公道。」

我看到胖子眼中閃動著興趣和注意，柯太太小心地說：「夠了，唐諾，從這裡開始要收錢了。」

「什麼錢？」胖子問。

「錢，」她說：「是用來做每天開支的，我負擔一個偵探社的開支，我要付房租，付水電，付薪水，付營業稅、綜合所得稅，我還要付——」

「對對對，」他打斷話題，肥頭機械地點著，綠藍色眼珠看著白莎：「我瞭解，我也有自己的困難，柯太太。」

「我的職業是找消息，為了找消息要投資。」她說：「我有你要的消息，你私刑逼供我的部下，我極為不滿。」

「我們是冒失了一點。」頭子承認。

「我花錢才能得到消息，我不會拿來做慈善事業。」

「我對白京旅社裡發生的事十分有興趣。」頭子說，又轉頭對他太太說：

「親愛的，你想我們是不是受騙了？」

「什麼地方不對勁是真的。」大個女人說。

「我們給柯太太一百元如何？」

小美人點點頭。

「兩百元差不多。」柯白莎說。

「一百五十元。」孔太太對她先生說：「她不要就一毛不給。」

「算數！」柯白莎說：「就算一百五十元。」

胖子說：「親愛的，你會不會正好有一百五十元？」

「沒有。」

「我皮夾在樓上，拜託你上樓拿一下好嗎？」

「從你錢袋裡拿。」她說。

他用舌頭潤了一下嘴唇說：「柯太太，你們說你們的，我保證給你一百五十元就是了。」

「我等你去拿一百五十元。」柯太太說。

他嘆口氣，站起身，把睡衣的鈕子解開，肚子是肥大的，白白的，鬆鬆的，一條鹿皮錢袋帶貼肉圍在肚子上。不斷的與汗水接觸早使皮色褪白，他打開錢帶的一個小袋，拿出兩張一百元鈔票。

「沒有小額票嗎？」白莎問。

「這是最小面額的了。」

「我要把所有零鈔湊起才能找你。」

「對不起。這真是最小額的了。」

柯白莎在皮包中探索，又很抱希望似的看著我：「唐諾，身邊有錢嗎？」

「一毛也沒有。」我說。

她數著錢說：「我必須留五元錢付計程車，這裡只有四十元錢，我只能找你三十五元，兩不相欠，再不然只好請你上樓拿皮夾了。」

「好，兩不相欠。」他說：「總不能為十五元錢跑次樓梯。」

「唐諾，把兩百元拿過來。」她說。

胖子把兩百元交給我，我把它交給柯太太，她拿出一把一元、五元、十元的鈔票，由我交給孔先生。他隨手交給孔太太說：「放在什麼地方，我錢袋裡可不要小雜碎。」他把錢袋復原，睡衣鈕起，把睡衣拉直，看著我說：「是不是由賴來說？」

「由賴來說明。」柯太太說。

我說：「仙蒂給韓莫根——」

「這一段不談，唐諾。」她說：「這有出賣自己客戶利益之嫌，只要告訴他們莫根的消息，我們如何找到他。我們如何送達傳票，不要告訴他們莫根情婦的姓名和地址。」

我說：「阿利告知我莫根情婦的名字，我去找她，偽稱要把她牽進離婚訴訟裡去，再跟蹤她，她帶我們到白京旅社，她登記為莫太太住進六一八房，我賄賂僕役長問他近處有沒有空房，他——」

「是是，」孔先生打斷說：「這些我們都知道，自你進白京後的一切我們都知道。」

「那你應該知道我們送達傳票給莫根。」我問。

「你沒有送給莫根，你送給別人了。」

「亂講！」白莎說：「他親自交給莫根本人。」

「在哪裡？」

「在女郎的房裡，在六一八房間裡。」

孔先生與太太交換眼光：「總有地方不對頭。」

「沒有，一切是事實。」

「韓莫根並沒有去六一八室，這一點我們絕對保證。」

「不要多疑，他在裡面是絕沒有錯。」白莎說：「非但唐諾與他對話，連我都看到他。」

「怎麼樣，親愛的？」孔先生轉向他太太說：「我們要不要——」

「讓唐諾講完。」她說。

孔先生看著我做一個鼓勵的手勢。

我說：「我也租了一個房，不少人和我在一起，仙蒂和阿利也來了，赫艾瑪也在。我離開他們去租了一套合身的僕役裝，我拍了一份電報西車站留交莫太太，我到西車站，等電報到，我簽收了電報，在封面上寫上『寄白京旅社』。我又買了本記事本，造了些簽字在上面，回到白京旅社。房裡的人亂得像一窩母雞，原因是我離開。不久韓莫根就來到鄰室，我換了僕役制服去敲六一八的門，告訴他們這是電報，他們要我從門下送進去。我自門下塞進電報，夠他們看到地址、姓名，但電報是在記事本中，而記事本太厚無法全部進去。我又告訴他們必須簽收，他們就上當開門。韓莫根躺在床上，我正式送達傳票，才完事，仙蒂激動起來跟了進來，惡言四起，但絕無問題那個人是韓莫根。」

胖子看白莎要求證實。

「沒錯，」她說：「我也看見他，我在報上看過他照片，是同一個人。」

胖子在椅子中猛裂地前後搖動。白莎說：「下次我有什麼情報你有興趣的話，請你不要打我的手下，現在用的文明方式比較有用。」

孔先生說：「當時我不知道賴先生如此難纏。」

「我的部下個個強硬。」白莎說：「我訓練他們如此。」

孔先生說：「讓我與內人談談，我想我們可以再給點工作你們做做，親愛的，你看如何？請你借一步說話。」

「不必。」孔太太說：「你目前做得不錯。」

頭子轉向柯太太：「我們願意僱用你們偵探社做一件特別工作，我們要與莫根的情婦聯絡，我們要問她，莫根用她的名義租了幾個保險箱，我們要知道在哪裡，我們要這個消息，越快越好。」

「值多少錢？」柯太太說。

「每一個你告訴我們的保險箱，付兩百五十元。」

「大概有幾個呢？」她問。

「我不知道，柯太太，說實在的我不知道，老實說連有沒有也不知道，我當然有理由相信有，幾乎確信有。」

「不談。」她說：「如此條件我可能賺不到錢。」

孔先生說：「再想想，柯太太，你已經知道那女人在那裡，這不浪費你時間，韓莫根躲得好好的，他也決不會出來，他比警方聰明得多，他請他情婦給他租保險箱，可能兩個，也可能四個。」

「也可能沒有。」柯白莎說。

「又來了。」先生咯咯地笑著：「你那獨一無二的性格又來了，是很有意思，但限制我們談判進度太多。而寶貴的時間又一分鐘一分鐘的在溜走，你現成有一個聰明能幹的賴先生在這裡，派他出馬去看那個女人，包你不花工夫就把所有消息帶回來了。」

我說：「不要把我計算在內。」

孔先生說。「賴先生不要固執，你是個好孩子，你應該不要記仇，畢竟今晚所發生的一切都是生意經。」

「不必記掛唐諾。」柯太太說：「你只與我談條件，唐諾由我處理。」

「我們最多給你三百元一個保險箱。」孔先生說。

「免談。」

「這是最高價。」

柯白莎說：「我和韓仙蒂談過之後，會給你個電話的。」

「我們要你現在回答。」

「你已經有了回答了。」

孔先生開始在椅中前後搖動，孔太太說：「問她韓莫根現在在哪兒。」

孔先生說：「柯太太，你已經收到我一百六十五元，你知道韓莫根在哪裡，至少你可以告訴我們吧。」

她思索地緊縮她的嘴唇說道：「這個消息可能對你用處已經不大，再說這也值點錢，我這個人就是無錢免談。」

孔先生又搖動身體時，電話鈴聲響了：「拜託你聽一下，親愛的。」

「自己去聽。」她坐在那裡一動不動。

頭子用手緊握椅子的扶手，把自己舉起來，搖晃地到鄰室去聽電話，他說話很留意：「是的，有什麼事。」停了八至十秒鐘，他又說：「你真確定——好，到這裡來，有點事當面要你做，情況有新的改變。」

他放回話機，事前亦未說再見，搖回來，向白莎笑著說：「我現在瞭解你的說法了，柯太太。」他轉向他太太說：「韓莫根死了，親愛的，一個叫赫艾瑪的女孩今天清晨在韓仙蒂的房間裡槍殺了他。是背後中彈，當時他正準備逃離公寓。」

「死了？」孔太太問。

「死翹翹，見閻王了。」孔先生給她保證。

「這，」她說：「就完全改觀了。」

柯太太說：「唐諾，走吧！」

我站起來，她關好皮包，把小腿儘可能收回到椅子底下去，兩手緊抓椅子扶手用力推下，終於站了起來。

我們走向大門，孔氏夫婦在低聲細語，數秒鐘後當我們已到門廳，孔先生叫道：「等一下，柯太太，我還有五個問題。」他走到門廳同時說：「你想莫根會不會早就躲在六一八室，也就是說那女孩去登記的時候，莫根早已在房裡候她？」

「我不知道。」她說：「唐諾，你以為呢？」

「絕對不可能，」我說：「除非她與僕役們串通，韓莫根由僕役先放進去，因為櫃檯上租給她是空房間，她早先電話定好兩間房而有一個互通浴廁，她指定六一八及六二〇，登記時她臨時放棄六二〇，說是另外一對人沒有……」我自動停住，因為腦中閃入一個概念。

「沒有怎樣？」孔先生問，十分有興趣地。

「沒有來，那僕役帶她去六一八，僕役長給我所有消息，我就租六二〇。」

「什麼人有權用那相通的浴廁？」

「我有。」

「那麼六一八租出的時候就沒有浴廁？」孔先生問。

我說：「除非另外有一個通用浴廁在六一八及六一六之間，否則六一八就沒有浴廁。」

孔太太在裡面叫：「威廉，讓他們走，我們就已有的消息可以自己來辦了。」頭子說：「柯太太，真高興你來到舍下，有空請多來玩，我會記住你的。賴先生，我沒有惡意，事實上你真了不起，你的鼻子也不太刺眼，從你走路我看得出你肋骨仍有疼痛，再一、兩天就會好一點，你——」

他搖過我們替我們開門。

我走過他進入黑夜，他跟我來到門廊，「來來來，賴先生，」他說：「我們握握手。」

「和他握手，唐諾。」她指揮著。

我不情不願地與他握手，他看著我的表情說：「還有恨意？」

我放下我的手，他說：「也只好隨你。」晃回房子，把門自我們背後關上。

柯白莎說：「他是位僱主，唐諾，我從不與僱主相爭。」

我什麼也沒有說。

第九章　瘋狂的假設

計程車在等著我們，駕駛把門拉開，柯白莎說：「靜溪公寓。」一面爬進車裡，我跟進，當駕駛替我們關門的時候，我問：「你不是要去看仙蒂嗎？」靜溪公寓是柯白莎的住處。

「目前還不到時間。」她說。

計程車開始行動，我說：「我有一個瘋狂的假設。」

「瘋到什麼程度？」她問。

「非常瘋狂。」

「聽聽看，唐諾。」

「這件案子有好些地方十分怪誕，我覺得孔先生與吃角子老虎案是有關的，他是比較高階層的，韓莫根是聯絡人，上級給錢由韓莫根行賄，現在這件事鬧開，大陪審團要他去作證，看得出韓莫根自己在搞些名堂，換言之，每次他報稱給警方一百元，實則中飽了五十元。」

「這概念有什麼瘋狂？」她一面說一面在皮包中摸香菸：「也毫無創意，你也許對，但以往也常見。」

「不要急，我的想法還沒開始說呢。」

她拿出她的香菸說：「那就說吧。」

「傍晚時分孔先生十分自信韓莫根絕對沒有進入白京旅社，他也知道我到達白京旅社後每一步行動，在白京旅社我只與一個人談過，那就是僕役長，僕役長是他們一幫安排在白京旅社這一關口的內線。」

「合理。」她說。

「而且僕役長是我去之前就安排在那裡的。」

「也對。」

「要安排這樣一個人在大旅社裡工作，要用勢力、金錢和時間，所以一、兩天之前他們就作業了。」

「對。」

「但是侯雪莉在白京旅社之前，白京與本案毫無關聯，根本風馬牛不相關，他們為什麼要安排一個人呢？」我說：「再說我是跟雪莉而進去的，那時僕役長早已就位了。」

「這表示他們比我們消息快一步。」她說。

「不止如此，他們怎麼知道雪莉要去的是白京旅社？我去公寓找她的前後她沒有機會見到韓莫根，這是為什麼她見了我之後急著找莫根討論。」

「不要停止，你有什麼想法，說出來。」

我說：「孔先生知道韓莫根常用這個旅社與情婦幽會，事情沒有發生前他們也無心去知道情婦是什麼人。事後他們想找莫根，又知道他早晚會到白京去會那情婦。孔先生是有點勢力的，打賭他早已把旅社安排到密不漏風，只要莫根出現，他不可能不知道，但是韓莫根還是進去了也出來了。」

「你什麼意思？唐諾。」白莎說：「你自己說他們把旅社全面監視，韓莫根不能進，不能出，但是他又進，又出？我看有神經病的是你。」

「等等，」我說：「我們從另外一個角度來看這件事，記得他們把我們放在六二〇，我本來希望得到一間對面的房間，每個偵探都希望得到對面的房間，這樣觀察雪莉的房間比較容易。但附近各房間都已經出租，當然也可能是巧合，但也可能侯雪莉把六二〇預定下來給我租的。」

「她預定來給你租？」她問。

「正是。」

「你解釋解釋。」

「她早先用電話預定兩個房間，指定是互用浴廁，她定好六一八和六二〇，她到達後取用了六一八，除非六一八另有和六一六互用的浴廁，否則她竟選用了沒有浴廁的房間。如此安排就使我順利租到六二〇附帶浴廁。雪莉的行動完全出軌，好像對我特別優待似的。」

「你為什麼想她為你而如此做，又為什麼目的？」她問。

「每件事都進入她的圈套，她要我租六二〇連帶浴廁，因為她要我用這個浴廁。」

「但是你自己沒有用浴廁，阿利一直占用著。」

「你還不瞭解，」我說：「這是整局戲的要點，阿利一定要在裡面，阿利根本不是仙蒂的哥哥，阿利是仙蒂的丈夫，阿利就是韓莫根！」

「唐諾，你亂說什麼呀？」她冷冷地說。

「證據全在，」我繼續說：「我們太笨，沒能早些發覺。」

「韓仙蒂連自己哥哥和丈夫都分辨不清，像話嗎？」

「當然一個人不可能分不出自己哥哥還是丈夫，但是韓仙蒂根本沒有哥哥，整局戲她原是主角之一，她是串演來騙人的，這解釋了為什麼阿利總是偏著莫根。這解釋為什麼阿利要仙蒂寫張證明放棄任何在保險箱中的財產，也解釋了全案以前認為怪誕的每一個角度，仙蒂要離婚，韓莫根也願意離婚，可能韓莫根比仙蒂更想離婚，但法院傳票必須送達，否則離不成婚。他是個逃犯，所以一定需要一個人出來送達傳票，這個人將來在法庭上要宣誓證明傳票確是交給莫根本人，我們就牽進了本案，我們是傀儡，是他們設計下的替死鬼。」

「但是她去接火車，那車禍——」

「說到車禍，」我說：「你去調查一下，保證沒有車禍，這是計畫的一部份，但不必真做，說有車禍就可以了。他們僱了個醫生把紗布繃帶包在這人鼻子上，包紮也過大了一點，一直通到前額上，膠布又把眼睛形狀、嘴的外形，拉扯得七彎八扭的，目的就是不給你看原來的真面目。」

我又接下去說：「孔先生他們守緊旅社，我相信莫根絕對不可能自由出入，只有我說的可能性。因為阿利進去出來他們是見到的，他們也受騙了。何醫生，何豪啟當然也知情並參與其事，我們被他們牽了鼻子走，我們所做一切他們早已算定。我本來也有點懷疑，那個姓侯的情婦太天真，腦筋太簡單了。她從公寓出來直接去白京旅社，一路沒有回頭望一下。我們這行飯太好吃了。我電告仙蒂我在白京，她與阿利堅持要來，怎麼勸阻也沒有用。自此以後一切可能他們都曾預演過。阿利說鼻子流血了，何醫生帶他進浴室，他們把浴室通向我們的門關上，侯雪莉打開浴室通她那邊的門，阿利換衣服，除去臉上的繃帶膠布，躺在床上。那臉鼻上的膠布繃帶又遮蔽改變臉型又改變發聲，真是好主意。額上和雙頰的膠布使眼型改變最大。阿利黑髮，自中分向兩側掛下。但是頭正中禿了一大圈。世界上沒有一個頭前部有又黑又密頭髮的人，肯把頭髮兩面分，故意使正中那一塊禿頭露出來給大家參觀。韓莫根也有黑髮，因為正中有禿頭，所以頭髮不分邊向後直流。」

柯白莎的眼睛一直在變狹：「這也解釋了當他們準備好之後，你跑出去那麼久，他們為什麼特別激動，他們維持浴室裡的把戲也怕出小毛病。那血呀什麼又怎麼說。」

「也不見得是真血。紅汞水或是那醫生弄來像血的顏色而已；詳情當然我們不知道，但我已經可以想出一個大概來，一想通，剛才說的原則就什麼都湊起來了。」我接下去說：「阿利進入浴室，除去偽裝恢復為韓莫根，他留在六一八等我給他送達。我們一離開六一八，他自床上跳起回到浴室。換了髮型，穿上有血污的襯衣，把鼻子上的玩意兒又弄上，又變了阿利。最後還要表演一下一趕兩角的阿利和莫根對白。這並不困難。演阿利時把鼻子捏起即可，那膠布繃帶幫他完成發音改變，也使他進出旅社騙過正在找他的組織人馬。事實上他也騙過了警方。警方也在找他，他躲在最想不到，最安全的地方。他在自己公寓裡，用太太哥哥的名義和自己太太住在一起。韓仙蒂保護他的目的當然不是為了愛，而是急著希望離婚。這也是為什麼莫根要把何豪啟醫生看成眼中釘了。」

「把何醫生看成眼中釘這一點不太說得通，何醫生一定完全知情而且是協助他的。」

「當然，他知道，他也幫莫根，但只幫他這一幕，何醫生不是莫根請來的，是仙蒂請來的，何豪啟是仙蒂的男朋友。莫根和仙蒂已決定分開，莫根告訴她他有情婦，仙蒂也承認有男朋友。如此才可能為離婚而合作演這齣戲，他們需要一個人來演醫生。仙蒂男友就這樣來了。」

計程車來到靜溪公寓。

「看著計程表，唐諾，多少錢？」她說。

「四元一角五分。」

她拿給駕駛五元錢：「找我七角五分，其他算小帳。」

駕駛找她七角五分。

她轉向我說：「你真不錯，你是個好孩子，我們這種工作需要腦子。而你有腦子。」她把手臂圍著我肩部又說：「唐諾，憑這一點我就喜歡你，你解開的謎，你看白莎會不會被別人當小丑傻瓜牽來牽去。白莎會把事情弄清楚。你真好！——你欠我計程車費九角五分。發薪時我會扣除的。」

她站在路邊，自皮包中拿出一本小本子，記下因公開支計程車費三元三角，又翻後數頁先寫下賴唐諾，而後在下面寫下，預支計程車款九角五分。

我說：「謝謝你讚許，柯太太。有一天我會想點主意，為我自己變點錢花花。」

她收起小冊拋入皮包，說：「光說有什麼用。」她等候計程車離開路邊，開向路中，抓住我手臂把我轉回身說：「你學學怎麼可以變出現鈔來，多學學，唐諾。」

「去看仙蒂？」我問。

「才不，」她說：「去看何醫生，輪到我們來玩玩了。」

第十章　放長線釣大魚

曙光初起靜寂無聲，附近大廈遠處的天空晨曦破曉而出，街上又有燈光，又有要亮未亮的清晨銀灰色，一切看來在另一個不真正存在的廢墟裡。房子清一色的灰暗，高低不同，但都還沒有生命，我們走了三條街才找到一輛計程車。一面幫助白莎上車，一面對駕駛說：「找一個最近，但可以打電話的地方。」

他試著載我們去車站，但白莎看到一處通宵營業的飲食店，對他說：「轉回來，回到那小店去，我們說最近就指的是最近。」

駕駛低聲咒罵著，像是未及看到什麼的，還是轉了回來，白莎對我說：「看分類電話，那傢伙是個醫生，記住計程車等候是要錢的，不要叫我坐著心痛，快去快回。」

「我想他還不是開業醫師，我要先試大醫院，給我點硬幣。」

她嘆息著摸出四個硬幣：「老天，要有效率，這錢要自掏腰包，沒有客戶可報公帳，這是賭博，我在用自己的血汗錢。」

我拿了硬幣，走進飲食店開始試醫院，第二個試的秀蘭紀念醫院，它們有個何豪啟是實習醫生。

我謝了接線生，走出店來，一面告訴駕駛要去秀蘭紀念醫院，一面爬進車坐在白莎邊上。

只是很短的車程，駕駛也開得很快，柯太太說：「他也許不在值班，看看有沒有住家地址。也許醫院有宿舍，我還是在車上。」

我跑上大理石梯階進入醫院，天很快轉亮，自外面清涼的新鮮空氣突然進入醫院，覺得空氣中充滿疾病與死亡。一個倦眼護士坐在辦公桌後看著我。東側窗戶中進來的日光與燈光相混，使她臉色慘白，不健康。

「有一位實習醫生叫何豪啟？」我問。

「有。」

「我有急事想見他。」

「他正在值班，我可以請他聽電話。你尊姓？」她說。

「賴，賴唐諾。」

「他認識你？」

「是的，他認識我。」

護士和總機小姐通話，過了一陣子，他指著電話亭說：「賴先生，你可以在那裡和他說話，也可以就用這個電話。」

我選擇用電話亭。我知道我必須十分小心，我不能使他認為我在恫嚇他，我認為最好辦法是讓他認為我一直知情，但故意和他們玩到底的。

「我是賴唐諾，醫生，我要和你談談今天下午傳票送達給韓莫根時真正發生的內幕，我要查一下你診斷的鼻子骨折。我希望你能下來一下，柯太太等在計程車中見你。」

「什麼人？」

「賴唐諾，你知道的，私家偵探。」

「我根本不認識你。賴先生。」

我耐心地說：「你記得你在仙蒂公寓裡給阿利弄他那隻鼻子嗎？」

「我看是你弄錯了。」他說：「你一定把我看作別人了。我還沒有執業呀！」

原來如此，他怕醫院知道他在外邊處理病人。

「對不起。」我說：「我想有的地方我說錯了，無論如何請你下來一下，我有話和你當面談。你能不能下來？我們無法在電話中談。」他猶豫著，我就加了一句：「柯太太在車裡等，所以反正也無法在這裡談。」

「好，我下來。」他說：「看看你到底搞什麼鬼。」

我謝了他，掛了電話就在大廳等，自落地玻璃窗可以看到清晨明亮尚未熱鬧的街道。數分鐘後電梯下降開門，映入眼簾的應該是何醫生，但卻不是他。一個年輕人自電梯中跨出，走向護士辦公桌。我又轉身欣賞街景。耳中聽到低低的會話聲，年輕人逕自走過來站在我後面。

我轉過身來。

「是你要見我？」他問。

「不是，我在等何醫生。」

「我就是何醫生。」

我說：「何醫師，你是對的，我找錯人了，我要找的是何豪啟，何醫生。」

「我就是何豪啟，何醫生。」

我再端詳他一次，他二十快過接近三十歲。誠實熱心的外表、較為蒼白的臉色。顴骨稍高，黑眼珠、黑色鬈髮。我說：「對不起，請你勞駕一步到那計程車處。我可向一位女士解釋，你不是她要找的何醫生。」

我見到他懷疑的表情，向桌邊的護士看了一眼，向外面路邊計程車看了一眼，再仔細的打量著我。顯然他覺得即使有什麼意外，對付我應該沒有問題。於是跟了我來到車旁，我向車中的柯太太說：「柯太太，這位是何醫生，何豪啟醫生。」

她看著他：「真是見鬼了。」

何醫生莫名其妙地說：「柯太太，很高興見到你，有什麼我可替你服務的？」

「啥也沒有。」她說：「唐諾，滾進來。」

「謝謝你，醫生，真對不起。」我告訴他。

他看著我，慢慢明白了我和白莎兩個人神經都有毛病，我「滾」進車裡，白莎把仙蒂的地址告訴駕駛，車子啟動，留下何醫生站在路邊，他不知今天是不是愚人節。

我說：「劇情越來越有趣。」

「有趣個鬼。」她說：「說不定別人在有趣，我們倒楣。你確信這是何豪啟醫師沒錯？」

「他說他是，醫院也說他是。」

她翻弄著皮包說：「唐諾，我沒香菸了。」

我從急速減量的存糧中給了她一支，自己也拿了一支。

我們用同一火柴點燃了香菸。她說：「非常聰明，非常聰明，唐諾，他們非常聰明。他們要一個可靠的背景。他們找不到一個真醫生來做這種醜事，他們偷用個實習醫生的名字來掩飾。假如我們要調查，可以查到他出身、畢業、目前工作等等，但只有百分之一的機會去醫院找他。」

「這又產生一個有趣的問題。」我提出：「那個自稱是何醫生的又真正是什麼人？」

「多半是她的男朋友。」她說：「無風不起浪呀！」

我們在靜寂中前進了一段路。她說：「唐諾，你不要自己陷進去。」

「是什麼意思？」我問。

「看你有一半愛上了姓赫的女孩。」

「三分之二。」我說。

「就算三分之二，與我無關。百分之百也可以。但她有麻煩，我看脫不了身，你想救她，但自己先要站穩了。再說，有關槍擊一點，她對你說了謊。」

我說：「也許她沒有說謊。」

她觀察著我冷冷地說：「你再多想想。」

又是一段時間的靜寂。

「你有什麼既定方案？」我問。

她回答：「可以把槍殺推在阿利身上。」

「不太靈光，」我反對：「我們不是清楚了根本沒有阿利這個人嗎？」

「這不是太好了嗎？」她說：「這樣的話就變了懸案。照目前一般看法，本案有兩個人，一是莫根，一是阿利。我們是唯一知道二實為一的局外人。莫根死了，阿利也不見了，再也找不到了，連屍體都不可能有。我們把一切推在阿利身上——假如她付得起給我們的錢。我來把計畫解釋一下：

「你接管這件案子，要是一上來就把阿利是兇手的概念推銷給警方，他們會先稱讚你很聰明，他們也正循線索向這可能發展，因為線索多，一一都要追蹤到底，又說最多半小時之後你講的一切他們都會思考出來。萬一將來發現不是那回事，他們會反過來怪你把他們引入歧途。可是你接手這件案子，你混在裡面猛問阿利去那兒了，不用多久，會有一個聰明的條子想到阿利可能是兇手。你得到相同效果，但有益無害。」她一口氣把計劃解釋清楚。

「但是再聰明的條子，怎麼會在赫艾瑪自己承認拿起槍，扳動槍機之後，再去想別人可能是兇手呢？」我問。

「這就需要像柯氏這種天才偵探社才能做到。」她說：「假如仙蒂想幫艾瑪脫罪，她願付足夠的錢，我們就盡力把阿利拱出來利用。你看，艾瑪是神經質的，所有女人都有點神經質，艾瑪更敏感一點，她幾乎到了歇斯底里的程度。她激動得不得了。她不知道發生了什麼事。她聽到一聲槍聲，她以為槍聲來自她手裡所握的槍。事實上不是。槍是阿利所開。阿利也正在房裡。」

「阿利在她房裡做什麼？」

「欣賞她的睡姿呀。」

「而她不知道阿利也在房裡？」

「不知道。」

「艾瑪根本沒開槍？」

「當然沒有。」她說。

「假如留在地下的是她的槍呢？」

「不，不是她的槍，她驚叫，拋掉槍逃跑，阿利撿起她的槍，殺了人再把槍留在地上，自黑夜中逃跑。」

「相當複雜的程序。」我說。

「我們可以把它說得像真的一樣。」她說。

「我不太喜歡你講的方法。」我說：「這有很多的破綻。再說警察也不見得喜歡你的說法。」

「警察有頭、手、臉、腳，和我們一樣是人，他們也像我們一樣會收集證據，歸納結論。我們不必去證明艾瑪無罪，而警方必須證明艾瑪有罪才能拘捕她。假如我們能想出一個無缺點的理論，他們又捉不到破綻，就可以使陪審團無法定罪。這就是法律。」

「這雖然不是法律的真正解釋。」我說：「不過相當接近。」

她請問道：「你到底想不想把赫艾瑪救出來？」

「想。」

「那就緊閉你的嘴，一切由你白莎姑媽來發言。」

計程車靠向仙蒂的公寓。一位警察在門廳守衛，顯示清晨所做一切調查尚無確實的結論，也還需要現場蒐集證據的樣子。

柯白莎付了計程車車費。闖進公寓去。警員說：「慢點，慢點，你住在這公寓裡嗎？」

「不是。」

「去哪裡？」

「來看韓仙蒂。」

「你什麼人？」

「柯白莎。柯氏偵探社的主持人。這是我的一個部下。」

「要見韓仙蒂有什麼事？」

「我不知道，是她要見我。怎麼回事，她被捕了嗎？」

「沒有，沒有被捕。」

「那憑什麼不能進去，這是她的公寓不是嗎？」

「是，你去，你可以上去。」他說。

「謝謝，我是要上去。」柯太太表示著。

我們乘電梯到四樓。韓仙蒂沒等我們敲門就把門匆匆打開。

「我等你們很久了。」

柯白莎說：「我們希望不和警察碰頭。」

「樓下有個守衛守著。」

「我見到了。」

「他有沒有阻止你上來？」

「有。」

「那你怎麼通得過？」

「當他沒這回事。」

「你告訴他你是私家偵探？」

「是。」

「除了偵探，其他人可不可能放進來？」

「我怎麼會知道。他是個警察。警察是說不定的。」

仙蒂皺眉，咬唇說：「我正在等一個年輕人——我們的一個朋友——我想他們會竊聽我的電話，我想他們不帶我走是設好的一個陷阱。」

「哪種陷阱？」

「我不知道。」

柯白莎說：「先讓我們看看臥室，我們等下再談。」

韓仙蒂打開臥室的門。白粉筆圈畫出的人體形態表示屍體被發現的地點。門板有一部份被鋸掉。正方形一小塊木頭被電鋸挖去。

「這是什麼？」柯白莎問：「子彈嵌在門板裡？」

「是的。」

「他們是否確定子彈來自那支槍？」

「他們還在查。」

柯白莎說：「她從哪裡來的槍？」

「這就是我最不瞭解的事，」仙蒂說：「我絕對確信昨天早上之前她沒有任何手槍。」

柯白莎看著我，她眼光專注，思慮著但充滿了斥責。

「你哥哥哪裡去啦？」她問。

韓仙蒂移開目光：「我真的不知道。」

「槍擊發生時他在哪裡？」

「在這房裡，我想，他應該在這裡。」

「他現在在哪裡？」白莎問。

「我不知道。」

「他的床昨晚有沒有睡過的樣子？」

「沒有，昨晚明顯他沒用他的床。」

「那種時候還沒睡相當怪，不是嗎？」柯太太問。

「我也不知道，」仙蒂有點生氣：「我又不在家，當然假如我預知昨夜我丈夫會被殺，我會對昨夜做不同的打算，但我無法預知，我沒有坐在我哥哥床邊看他何時休息或他要做什麼。」

「還有什麼？」

「你什麼意思？」

「還有什麼你要說的？」

「為什麼？」

「因為，」柯白莎平靜地說：「跟我說話，你是要花錢的。假如你花錢，目的是站在他的立場和他行為後果的立場，我也只好由你，我反正收錢，可以聽你講到明天。」

仙蒂一直用著快速，熱切帶點攻擊性的語氣，來掩飾某些事情。現在她的眼光是疑問驚奇：「什麼是站在我哥哥的立場和站在他行為後果的立場？」

柯白莎說：「親愛的，你應該知道我什麼意思，你的哥哥謀殺了你的丈夫。」當仙蒂開始要說什麼的時候，白莎轉向我說：「來，唐諾，我們看看其他的房間，我想警察已經把一切弄亂了，但我們還是要看看。」

話沒講完她行動已開始。肥大的身軀行動很快，但相當有威嚴。她走出臥室門，我跟隨著她。

韓仙蒂還站在原地，兩眼定在那裡，她在深思。

「你和阿利交談是在另外一間臥室？」白莎問。

「是的。」

「帶我去看看。」

我繞過她帶著路。仙蒂還在兩個床的臥室裡。當我打開阿利的臥室走進去時，柯白莎說：「剛才倒不是故意要她難看，只是給她一點對大家有利的可能性，讓她想一想。」

「你想她真的要保護赫艾瑪？」我問。

「那是一定的，否則她何必要我們出動呢？」

「也許她已經向警方吐露太多。警方一定問過她有關哥哥的事。」我說。

「只希望以後她還可以自圓其說。」白莎說：「她也不像什麼都不保留的那種女人。我覺得她還沉得住氣，這就是阿利占用的房間了？我們來看看。」

白莎開始打開五斗櫃的抽屜，快速地翻弄著，又關起來。突然在最後一個抽屜的後半部她拖出一件笨重的東西，她說：「看看，這是什麼鬼東西？」

「好像是件海上救生衣。」我說。

「帶子在背上。」她沉思著說：「對了，唐諾，阿利的體型有點怪。記得他那西瓜樣的胃部——還不真像西瓜，簡直是哈密瓜型的胃部。」

「莫根正相反，胃部凹下，這是阿利偽裝莫根時的戲裝。」她解釋。

我檢查那件救生衣，正合這個用途。

柯白莎鎮靜地把救生衣捲起說：「找張舊報紙來，唐諾，這個鬼東西我們一定要帶走。我們這件案子中不需要這玩意兒。」

房間裡沒有報紙。我走進客廳遇到仙蒂剛從那另一臥房出來，她問：「柯太太在哪裡？」

我指指我出來的房間，仙蒂經過我身邊，桌上有報紙在一堆雜誌上面，我取了一些，把它打開平鋪在桌上。等了一兩分鐘，我走進臥房說：「那玩意兒我來處理。」

柯白莎與仙蒂面對面站著。我聽到柯太太說：「什麼事也不要告訴我，親愛的。除非——你把所有事都想通了，否則不要開口。你看，你受到驚嚇，受到打擾，你要好好想一想，想通之前，不要把我不應該知道的告訴我。然後我們再來談生意。」

「我想通了。」仙蒂說。

柯太太交給我那一堆東西。說：「把它包起來，康諾，紮起來，捆起來，紮緊，捆牢，我們要帶走。」

我花了很多時間來處理這件東西。我在小廚房中找到一點繩子，我紮了又紮，捆了又捆，打了很多結，剛剛完工，大門上敲起了不耐煩的聲音。一個聲音說：「開門！」

我把包裹放在桌上，把我帽子放在包上，叫仙蒂：「有人在敲門。」

她自阿利的房間走向公寓房門。在她開門之前，外面的男人又敲著門。

兩個便衣男人推門進入，其中一人說：「太太，我來通知你一下，真相已經大白，順便問你些小問題。」

「請問你什麼意思？」仙蒂說。

「殺死莫根的槍也是殺死米約翰的槍。米約翰你也許不知道，是堪薩斯城的一個偵探。他在查一個勒索集團。米約翰有一切證據可以到法庭作證使勒索集團伏法。他終於沒能出庭。最後證人見他和一個漂亮的馬子在一起。次晨發現他胸口中了三個鐵棗子。堪薩斯城警局有通報全國正在找這把熱槍。現在，我們就是來聽你怎麼說。」

韓仙蒂站在那裡，直直的，白白的，非常怕。

柯白莎自臥房出來，另外一個便衣人就問：「這些人是誰？」

「我們是偵探。」柯白莎說。

「你們是什麼？」

「偵探。」

那男人大笑。

柯白莎說：「私家偵探，韓太太要我們調查這件事。」

「滾出去。」

柯白莎自在地坐到一個椅子上說：「你可以趕我出去。」

我望了一眼桌上的包裹和帽子說：「我走。」

柯白莎見到我拿起帽子及報紙包的包裹。

「我有我的權利。」她說：「假如你要拘捕韓仙蒂，請便，假如你們要問話也請便，反正我總坐在這裡。」

「你以為你可以在這裡不走。」警官叫著，給她壓力。

韓仙蒂輕輕地為我開門，當兩位警官集中精力來對付柯白莎的時候，我偷偷地溜上走廊，我不敢等候電梯，我跑步到樓梯，一次兩步的下樓。在最後一層的地方慢了下來，輕輕地經過門廳，好像我有一包衣服要去送洗，來到馬路上，警車就停在前門口。

公寓助理員正在把車庫裡的車一輛輛停靠到路邊來，準備公寓住客隨時上班用車，我選了其中最豪華的一輛，希望有錢人上班也許晚一點，我大模大樣打開汽車前門坐進去，把包裹隨手一丟放在前座右側。

柯白莎還真神氣地自公寓出來，向馬路兩邊看來看去，隨後開始步行向街角走去，她走過我坐著的車但沒見到我，我由她經過，她走了五十呎之遙我仍能自後望鏡中見到她。明顯的她有點奇怪我怎會完全失蹤，在走到街角前，她曾兩次半途回顧，在街角她向左轉，我不知她目的是要招計程車，還是在找我，我不敢亂動，一方面只好在後望鏡中看柯太太，但集中全力注意公寓大門。

不多久那兩位便衣出來，韓仙蒂並未與他們一起。他們停步交談了一下，進入警車離開。

我拿起報紙包的包裹，離開汽車，走向公寓，一個大的垃圾筒在路旁，是公寓工人每晨拿出來等垃圾車的，我打開筒蓋，把包裹丟進去，又直接走向仙蒂的公寓。我敲第二次門她才開門，她正在哭泣，才一下子黑眸下的臉頰凹了下去。她說：「是你！」

我溜進公寓，關上門，掛上門。

「那包東西，」她問：「怎麼樣？有沒有拋掉？」

我點點頭。

她說。「你不應該回到這裡來。」

「我一定要與你談談。」我說。

她把手放我肩上，「我怕死了，」她說：「怎麼會變成這樣？你認為莫根——那艾瑪——」

我把手圍過她腰說：「仙蒂，不要怕。」

她好像就在等我這一手，她把整個身軀靠向我，眼睛看著我說：「唐諾，你一定要幫著我。」

她吻我。

她也許有別的心事，也許真太怕了，但是這一吻倒是衷心的，不是姊姊對弟弟的吻，也不是友善之吻。

不久她把頭仰後以便直視我的眼睛。「唐諾，我只有靠你了。」我還來不及發表意見，她又說：「喔！唐諾，你使我好過多了，有你我覺得安全多了。」

「我看還是讓我腦子清靜一下，辦點正事要緊。」

她說：「唐諾，你會幫我忙，會不會？」

「你以為我轉回來是幹麼的？」

她用手指把頭髮梳攏向後，「我已經覺得好多了。」她說：「我知道我可以信任你，我第一次見你就有這種感覺，我願為你做任何事，唐諾，你有與別人不同的——」

「我要點錢。」我說。

她愣住了：「你要什麼？」

「錢。」

「什麼錢？」

「鈔票，現鈔，」我說：「很多錢。」

「為什麼？唐諾，我付了酬勞給柯太太。」

「我發現，」我說：「柯太太是小兒科，我們現在面臨那麼大困難，她應付不了。」

「但是你是替她工作的，不是嗎？」

「我以為你要我為你工作，」我說：「是不是我誤解了？」

「但是唐諾，她為我工作，而你為她工作。」

「那就算我沒有講。」我說。

她慢慢把自己推離我的身體，她的體溫就不再傳到我的身體。「唐諾，」她說：「我不瞭解你。」

「算了，」我說：「我本以為你會瞭解的，看來我只好把想法告訴柯白莎了。」

「你要多少錢？」她問。

「很多，很多。」

「多少？」

「多到你會昏倒。」

「你為什麼要那麼多？」

「給你辦事。」

「怎麼個辦事法？」她問。

「我要開始反擊。」我說。

「唐諾，告訴我你什麼意思？」

我說：「柯白莎有個天真的想法，她認為可以把一切推在阿利身上，由阿利來頂罪，因為反正誰也找不到阿利。假如這是一個簡單的臥室槍殺案還會有點希望，照目前的情形是行不通的，一位堪薩斯城的警官被槍殺，你知道警察最忌恨槍殺警察的人，他們不會放鬆的。」

「你說反擊又是什麼意思？」

「我意思我要徹底的來一次，」我說：「我要使你與艾瑪完全脫罪，我去向警方自首人是我殺的，不過我要用我的方法去做這件事。」

「但是唐諾，他們要吊死你的。」她說。

「他們不會吊死我。」我說。

「但是唐諾，我不相信你願意——你不會——」

「我們不要浪費時間來辯論，」我說：「時間不多了，警察沒有拘捕你，因為目前對你的證據還不足，任何能幹的律師都可以保你出來。所以他們放長線，看你自己用線來綑自己。同時也希望釣到其他大魚，他們回去報告之後就會把這公寓管制起來。連進出的蟑螂都會跟蹤識別，到那時一切就太晚了。」

「你要多少錢？」她問。

「三千元。」

「什麼？三什麼？」她喊道。

「三千元。」我說：「三洞洞洞，而且現在就要。」

「我覺得你瘋了。」

「你才瘋了，」我說：「目前這是你唯一脫罪的機會，要不要隨你。」

「我怎麼能信得過呢？」她問。

我把唇上的口紅抹掉，正經的說：「你沒保證。」

「我已經被很多我信任的男人欺騙過。」

「莫根在那些保險箱中存了多少錢？」我問。

「沒有租什麼保險箱。」

「保險箱用的是你的名字，警方很快會查封的。」

她笑了，她說：「你看我會那麼幼稚嗎？」

我觀察到她笑的原因了。我說：「你以為你聰明，你跑出去把保險箱中現鈔搬空，在起訴檢察官看起來，這正是最好的謀殺親夫動機。」

自她眼光我看到她已開始瞭解其嚴重性了。

我繼續說：「假如你正好把這些現鈔帶在身邊，你就更瘋了，因為今後開始他們會跟蹤每一個你去的地方。早晚警方會拘捕你，監獄中大屁股的女監護會把你衣服脫光並搜查你美麗的小身體。另外他們就有權查你公寓，你想會有什麼結果？」

「唐諾，他們不敢。」

「他們就會來。」

她說：「我身上綁著個錢袋。」

「多少錢？」

「很多。」

我說：「你不要完全處理掉這些錢，你留一點，留兩、三百元錢還是放在錢袋裡，萬一他們搜你，他們可能不會想到你在他們眼皮下占了他們便宜。至於其他的錢，你有兩種方法處理，第一種方法你可以交給我，記住我可能見錢眼開溜之乎也；第二種方法你可以分放很多的信封內，用郵政總局留交自己親領的方法，投在公寓內信箱中，沒有人會想到，不過要立即辦。」

她用五秒鐘來做決定，這五秒鐘她站著仔細看我，頭偏向一側，我站著不為所動。她看著我我看著她，她自裙側把鈕子解開，伸手進去摸索鈕釦，那不是條錢袋，而是一個肚兜樣的錢包。她把錢包交給我，我無法放口袋，我把它塞在背後衣服裡，紮緊褲帶。

「上帝知道我為什麼這樣做。」她說：「我把自己完全交給你，我現在兩袖清風空無所有了。」

我說：「只有一個條件，你要對得起艾瑪，我就對得起你，我是為艾瑪冒險的。」

「不是為我？」她把嘴翹得老高。

「不為你，」我說：「是為了艾瑪。」

我開門來到走廊，順手把她房門關上。

我走到樓梯口時，她開門叫我：「唐諾，回來！」

我趕緊下樓，我聽到她一面叫一面追我，我只比她早到門廳一兩秒鐘。自大門外望有輛車停在門口，兩個在車裡，這兩個人不是較早那兩位便衣，我走出去時他們看我的樣子足證他們身分。

我假裝沒有看到他們，自然地走向前面停著一行車中的一部，我已知這些車是管理員給真正車主住客準備好的，門一定未鎖，鑰匙也一定會在，我打開車門開始發動，把頭儘量向前湊到儀表板上，從前面不太容易看到我。

她衝入街道向左右看著，當她不見我影子時顯得十分奇怪，她開始跑向街角，兩位警官互換眼神，一位輕鬆地自窗中半探身說道：「找什麼東西呀，妹子？」

她轉身看他們兩個——立即明白。

「我聽到什麼人叫救火。」她說：「沒有失火吧？」

警官說：「妹子，你在做夢。」

我車子已發動，我直起身來，她見到我。可是兩個警官正在注視她，她無法可想，眼睜睜看著我，我向她揮揮手，她顫抖地對兩位警官說：「我今早太緊張了，我丈夫昨晚給謀——謀殺了。」

我看到兩位警官鬆弛下來。「真是不幸，」一位同情地說：「讓我送你回公寓吧。」

我把車開走。

第十一章 演出一幕好戲

來到白京旅社，我把自己登記為奧勒崗州克侖福市來的華林敦先生，租了一間有浴廁的房間，要僕役把僕役長請來談一談。

請來的僕役長一臉龜鴇，淫媒，拉皮條的傻笑和順從樣。一臉不用我開口，他可以完全知道我要什麼的信心。

「你不是我要找的僕役長。」我說。

「別人能為你做的，我都能為你做。」

「不是這件事，我要找的是我老朋友。」

「什麼名字？」

我說：「我想名字已經改過了。」

他笑了：「告訴我他以前的姓名，我可能認識他。」

「告訴你，你一定會認識。」我讓他看到我確信的神情。

他不傻笑了，「我們共有三個人值班。」他說。

「都住在旅社裡？」我問。

「我住裡面，我在地下室有一間房，其他都外宿。」

「我要的人，」我說：「大概廿五歲，頭髮又多又黑，一個短而粗的鼻，深藍灰色的眼。」

「你在哪裡認識他的？」他問。

我故意猶豫一下，說：「堪薩斯城。」

答案正中目標！那僕役長做了一個合作的姿勢說：「那是葛求偉，下午四時來接班到午夜十二時。」

「葛——嗯？」我緬懷往事地問著自己。

「你認識他時也是這個姓嗎？」僕役長小心地問。

我故意敏感地等了一下，回答了一個：「是。」

「我瞭解了。」

「哪裡可以找到他？」我問。

「在這裡，四點鐘之後。」

「我說現在。」

「我也許可以找到他的住址，也許你可以用電話找他。」

「我還一定要見到他才行。」我說：「他認識我的時候我用的是另外一個名字。」

「我去看看能不能幫你忙。」

「謝謝。」我說，他走後我把門關上，我把錢包取下，開始自錢包中拿出一堆堆一百元及五十元大鈔，共有八千四百五十元之多，我把鈔票分成四疊，分放在褲子各口袋中，把錢包捲成緊緊的一束。

僕役長來回報，「他住在鈴木房間出租。」他說：「假使求偉不想見你，不要告訴他消息來自何處。」

我給他一張五十元鈔票說：「能不能找回我四十五元？」

他的臉又變成高興與順從，「當然，」他說：「馬上找回你四十五元。」

「再帶份報紙給我。」我告訴他。

當他把四十五元及報紙送來後，我用報紙包起錢包離開旅社。我來到火車站，坐在一張長椅上數分鐘，把紙包留在長椅上，我站起來走我的路。

在車站的郵政支局裡，我買了一個特別專送的信封。收件人寫上鈴木房間出租交葛求偉先生，把報紙撕開摺疊放在信封裡，封上口，叫部計程車去鈴木房間出租。

鈴木房間出租第一層有一個開向街道的門，一個上樓的木梯，一個小櫃檯上面有一個鈴，一本登記本和用紙板做成的告示牌，牌上污漬斑斑，上面寫著，「請打鈴叫經理」，我打鈴。

沒有反應，我又打鈴。過了十秒鐘，一位瘦臉金牙婦人微笑著出來看我有什麼需要。

「葛求偉先生的特別專送。」我說：「你可以簽收嗎？」

「他住十八號，走道到底就是。」說完就關閉那有金牙的嘴，轉回她自己的房間，房門也跟著關閉。

我走進來到十八號，正經地輕敲房門三下，沒有反應。我試著用懷刀插進彈簧鎖來開他的門，五分鐘之後發現做小偷也不是太容易。我從毛絨已大部磨掉的地毯走回那櫃檯。鈴，登記本和紙告示沒有移動過，我抬起一端有鉸鏈的活動櫃檯板進入櫃檯裡面。四周看看，有六捆待洗的衣服，三、四本雜誌和一個紙箱子。我繼續看，終於看到了我要找的，一個鐵釘釘在牆上，釘上掛一根粗鐵絲，鐵絲尖端彎成一個鉤，鉤上掛著一隻鑰匙，我謹慎地拿下鐵鉤使它不發出聲響，走回走道。

通用鑰打開十八號的門一點困難也沒有。

這小子已經開溜了。

幾件髒衣服丟在壁櫃地板上，還有一隻有洞的襪子及用過的刀片也丟在附近。五斗櫃中什麼也沒有，只有條褪色的領帶，杜松子酒的空瓶及捏皺了的空菸盒，床鋪自上次整理好後沒有睡過人；雖然被單看起來早就該換洗了。

整個場所有臭味、骯髒、沮喪，已沒人居住，廉價柳安木的五斗櫃上有一面褪了水銀的鏡子，扭扭曲曲地照映出我東腫西瘀的臉。

我走回壁櫃撿起骯髒的內衣，看有沒有洗衣店號碼。有一個陳舊的X—B三九一，已褪到差不多不能辨識了，相同的號碼在內褲褲腰上，不過是新近所寫用的是不同筆跡。我記下號碼，離開房間，關上房門，走回櫃檯。停在櫃檯外面把鐵絲鉤用腳自地下輕移到原來釘子下面，好像是它從釘上掉下來似的。

葛求偉可以笑得出聲音來，我出廿五元向他買了一支熱得炙手可熱的黑槍。葛求偉值班時間既是下午四時至午夜十二時，他習慣上可能每天要清晨二時上床，這個時候他不在床上而懂得開溜，當然是知道了那支黑槍出了毛病，已經東窗事發。我不知他消息來自何處，又那麼快，我也沒有立即可找出答案的方法。

我等候在街口，攔到一輛計程車，來到機場。包了一架小飛機，飛到亞利桑那州的猶馬市。

一到猶馬，我自己覺得變了一個演員，我要演出一幕戲，這幕戲不知在我腦中預演過多少次，我要演好這幕戲。

我走進第一國家銀行，來到開戶窗口說：「我的名字是王有德，我有點現鈔要投資。」

「請問王先生，你要哪類投資？」

「任何可以快速生利的投資都可以。」

銀行職員微笑著說：「好多人都想有這種投資，連我自己也想要呢。」

「沒錯，我可沒有要你幫忙找，我自己會找，不過找到的時候，要你們合作。」

「你要開一個戶？」

「是的。」我從口袋中拿出二千元現鈔來。

「你住哪裡，王先生？」他問。

「還沒有找到住處。」

「你從東岸來？」

「不，從加州來。」

「才到？」

「是的。」

「請問在加州從事哪行事業？」

「眼明手快搶點帽子。」我說。「不過加州已經發展到了極限了，而亞利桑那可正在蒸蒸日上。」

他拿出一張開戶申請卡及簽名存根，叫我簽字，數妥了我給他的現鈔，完成手續，他說：「本行為客戶方便備有兩種支票，一種是長長一本，另一種可以摺疊放在身邊一如皮夾，請問喜歡哪一種？」

「皮夾式。」

他拿出燙有第一國家銀行金字的假皮皮夾，夾好空白支票，交給我，我把它放進口袋，與他握手，走出銀行。

我來到商業銀行，找到管開新戶的職員，自稱王有德，握手，告訴他剛才的老套，存進了二千元。又租了一個保險箱把仙蒂給我的餘款放入。

下午兩時左右我已租好一間住房，預付一個月房租，告訴房東太太，我的行李隨後會運來。

我在城裡晃著，看看各名牌汽車的代理行。我找了家看來最大的進去，我選中一輛輕便房車，要求立即交貨，我告訴車行，我對這種車型十分熟悉，我希望立即有車用，當場交割。若沒有新車，我可以接受他們用來示範的。他們說正好有一輛示範用好車，只要半小時整理就可出車，我同意半小時後自己來取車。他們問我要不要分期付款，我說不必，現鈔交易。我問經理總價，立即拿出票夾，開了一張一千六百七十二元的支票。

在支票上簽了字，我說：「今天是我在猶馬的第一天，我要到猶馬來投資，有什麼生意值得投資的？」

「哪一種投資？」經理問。

「用現鈔來投資，風險不能太大，利潤要很厚，又希望能快速回本。」

一下打動他的心，可也使他陷入某種顧慮，他皺眉集中思考了幾秒鐘，慢慢地搖頭說：「沒有，至少目前想不到，我會代你留意，王先生，請問你在本市住哪裡？」

我做了一個一時忘記地址的表情，說道：「我的記憶也真差，經常就忘了。」摸索著把皮夾中房租的收據拿出來，我抓著使他看到公寓的名字。「噢，是的，」他說：「我知道那地方，我會與你聯絡，王先生。」

「那謝了，」我說：「我三十分鐘後回來，到時我要用車。」

我走進一家飯店，要了他們最大的牛排，用好的葡萄酒配合。我再去車行取車，我的支票夾在一些與車有關文件之上。

「要麻煩你在好幾個地方簽字，王先生。」

我注意到什麼人在我支票上的左上角用鉛筆批了「ＯＫ」兩個字，又在下面簽了一個字。

我依他們指定在文件上簽了幾個王有德，我和每個人握手。爬上車把車開走，我直接到第一國家銀行，離下午關門只差十五分鐘。

我走向櫃檯，寫了一張見票即付的匯票，抬頭傅樂聲先生，票額五千六百九十二元。我又簽了一張一千八百元的支票，我走向付款櫃檯，對行員說：「我是王有德先生，早上我在這裡開了一個戶。我在選擇投資，現在有一個急需現金的機會，這裡有張付現匯票要給傅先生，我希望經由我洛杉磯國家安全銀行存戶裡匯給他，而且要快。」

他拿起匯票說：「請等一下，王先生……」

「不必，」我說：「我不要你們做保，我希望經由你們銀行系統寄過去，所需一切開支請洛杉磯帳戶內扣。」

他給我一張收到匯票的收據。又問：「你是不是另外要點現金？」

「是的，」我說，同時給他那張一千八百元支票，一面看著我的錶。

他說：「請稍候。」他校對了帳戶及簽字，猶豫了一下問：「請問要什麼面額的？」

「百元券。」

他把錢給我，我謝了他，開車到商業銀行，走進保險庫把一千八百元全部放進所租的保險櫃內。於是我上車開車離城，經過科羅拉多河上的橋進入加利福尼亞州。我停車約半小時，坐在車中抽菸，讓腹中的牛排充分消化，我再次發動車子開向不遠前設在大路右側的加州檢疫站。

為了維護農作物不受害蟲侵損，加州當局設站停車檢查每輛進入加州的汽車，包裹須打開，毯子要燻煙，有許多問話，開車的都不勝其煩。

我開進檢查站，一個男人出來打量著我。我向他叫喊著，只是特別小心所有字連在一起，腳踩著空油門聲音特別噪，他反正也聽不到我叫什麼，他叫我把車開到一個檢查規定位置，我蘑菇著慢慢前進。

後視鏡中見到兩百碼外一輛警用機車快速地駛過來。

我把車吃上檔開始前進。

機車警官向檢查站大聲叫吼，我的車加速前進，警笛開始尾隨我大鳴，我前面的車紛紛讓開，正好給我趕路。警官用機車尾隨我到風積沙丘的附近，開始掏出槍來。看他真要玩火的時候，我把車拉向路邊停車。

警官對我一點也不冒險，他接近我時手槍指向前方。

「手舉起來！」他說。

我手舉起來。

「什麼鬼主意？」

「什麼主意？」

「別來這一套！」

「就算你捉住我了。」我說：「這是輛新車，我才在猶馬買的，我要試試可以開多快，我要罰多少，超速一哩一元？」

「在檢查站為什麼不停車？」

「我停啦！那個人做個手勢叫我走。」

「走你的鬼！他叫你靠邊停車。」

「那是我誤解了。」我說。

「車是在猶馬買的？哪一家店？」

我告訴他。

「什麼時候買的？」

我告訴他。

「把車轉回來，我們回去。」

「回去哪裡？」

「檢查站。」

「去你的，我在愛爾聖吐有事要辦。」

「你的車有點問題。」

「可以，請依法把我帶到最鄰近可以使用的法庭去。」

「用什麼付的車款？」他問。

「支票。」

「有沒有聽到過使用空頭支票要判多少年的刑？」他問。

「沒有。」我說。

他說：「夥計，你給我馬上開車經過那個橋回到猶馬去，那賣車給你的人要問你些有關那張支票的問題。你以為你聰明，但你太早行動了十五分鐘。他們在銀行關門前去提款。」

「那又如何？」我問。

他笑了：「你回到那裡他們會告訴你的。」

「回哪裡？」

「回猶馬。」

「為什麼？」

「使用空頭支票，詐欺，也許還有其他的。」

「我不回猶馬去。」我說。

「我看你要去。」

我伸手去打火。「我知道我的權利，」我說：「我現在在加州。你不能把我越州帶回亞利桑那州，除非你有逃犯引渡狀。」

「喔！」他說：「那樣簡單呃？」

「本來就是如此。」我說。

他點點頭：「好，老兄，你要去愛爾聖吐，我們就去愛爾聖吐，你在前面開，我在你後面，不可超速，這裡時限四十五哩，我准許你五十哩，你試五十一哩，我開槍打你輪胎，懂了嗎？」

「你沒有拘捕狀不能拘捕我。」我說。

「你再說，出來！我要搜查一下你有沒有帶武器。」

我靜靜地坐在駕駛盤後面。他一隻腳踩在車架邊上，左手飛快扣住我襯衣領子。「出來！」他叫著，右手的槍威脅著。我出來。

他在我身上拍著找尋武器，又仔細看過車裡面。

「記住，」他說：「兩隻手都放在駕駛盤上，不要想歪主意，你要求引渡，我就他媽給你引渡。」

「我不喜歡你的態度，」我說：「我抗議你這種蠻橫行為，你侵害我的人權。我——」

「馬上行動！」他不要我說下去。

我馬上行動，我們開進愛爾聖吐，他帶我到警長辦公室。副警長伴著我。警官和警長兩人談著。我聽到他們用電話聯絡。我被帶到監獄。警長說：「王先生，你看起來是好人，你何必要這些花樣呢，你為什麼不回去面對現實？你自動回猶馬，也許一切可以簡單一點。」

我說：「我有權不說話。」

他警告說：「你要耍這些，也只好由你。」

「我要耍這些。」我說。

他們把我關進一個牢房和四、五個囚犯在一起。我就是不說話。晚餐送來我也不吃。晚餐後不久警長進來問我能不能自動放棄引渡權，不須引渡狀自願回猶馬，我對他說去他的。

我在牢房裡住了兩天，也吃了牢飯，老實說不算太差，只是氣候太熱。此外我沒有報紙看，一點不知道外界情況變成怎樣了，他們又把我放到另一牢房，由我獨居，沒人可以談話。

第三天，一位帶著闊邊帽的大個子男人，跟警長進來，對我說：「你——王有德？」

「是的。」

「我自猶馬來，」他說：「你跟我回去。」

「有沒有引渡狀？」我問。

「我有引渡狀。」

「我拒絕承認你的引渡狀，我要留在這裡。」

他咧唇大笑。

我抓住犯人用的吊床，升高我的聲音：「我要留在這裡！」

這大個子嘆氣說：「這種天氣硬拉你出去太累了。小子你還是識相，自己出來上車好一點。」

我向他大叫：「我要留在這裡不走！」

他推我轉向，大個子拿出手銬銬住我雙手，我拒絕說話，他們把我弄出牢房，弄進汽車。

大個子給我加一付腳鐐。「你自己找的，」他一面擦掉前額的汗珠，一面說：「你為什麼不合作一點，老天！那麼熱。」

「對我如此你會後悔一輩子，」我說：「我又沒犯什麼罪，你們不能誣衊一個好——」

「閉嘴！你給我省著點。」他打斷我的話：「那麼熱，我還要開車，我不要聽你囉唆。」

「要聽也不給你聽。」我說，把自己舒適地靠向車座。

我們開車經過閃閃發光火熱的沙漠。烈日照耀下地平線扭曲得像波浪，空氣太熱，吹到我臉上，連眼珠也像煮雞蛋快熟的感覺。車胎有如黏在公路上，滾動時不斷因纏結又拉離發出哀怨的嘶——嘶——嘶。

「你真會選最好的天氣出工。」我說。

「閉嘴！」

我就閉嘴保持靜默。

我們一路往猶馬直達法院。副地方檢察官對我說：「王先生，你給許多人增加了太多麻煩。你自己有什麼好處呢？」

「他們本來不必自找這些麻煩的。」我說：「假如你以為這些是麻煩了，你看冤情大白之後，他們有多麻煩。」

「他們會有什麼麻煩？」

「我要控告他們惡意起訴，不當拘捕及污辱人格。」

他打著哈欠說：「不要說笑話，我都快笑死了。本來小事一件，車子不是全新的，本是示範車，你多開了幾哩路，只要還給他們，他們也許不會介意，但你弄到必須引渡等等，吃虧的還是你自己。」

「他們為什麼不把我付的支票去兌現？」我問。

他笑著說：「因為你先一步去銀行把錢取走了。」

「瞎說，」我說：「那是另外一家銀行。」

「什麼叫另外一家銀行？」

「你知道我什麼意思。」

「我當然太懂你什麼意思了。那是用之有年的金光黨方法。你存兩千元在銀行裡，你把支票留在車行裡知道他們會查你存款夠不夠，你知道他們在手續辦全，你開走車前不可能拿去兌現。你在銀行關門前趕去把錢提剩兩百元。你想任何人發現支票不夠存款前你有十八個小時，只是你自己算錯辦得早了一點點。車行在你離開銀行後五分鐘去銀行，他們每天結束營業要把現鈔支票都存進銀行。」

我瞪著他，讓自己的眼睛睜大，下頦垂下。「老天！」我說：「你說他們把我的支票拿到第一國家銀行去兌現?!」

「為什麼不？那本來是第一國家銀行的支票。」

「不，不是的。」我說：「我給他們的支票是商業銀行的支票。」

他給我看那張支票，支票上加蓋了紅色橡皮章：「存款不足」。

我說：「那麼我的一千八百元是從商業銀行提出的。」

「你老提商業銀行，跟這件事有什麼關係？」他問。

「因為我在那邊也有一個戶頭。」

「也有個戶頭？」

「是的。」

「有什麼可證明的？」

「我準備開車趕夜路，」我說：「我不想把支票本帶在身上，我把它放在信封裡寄到總局留交自取，你可以派人去拿來看，就足可以證明我沒有騙你了。」

那大個子警官和副地方檢察官交換著眼神。

「你的意思你不是金光黨？」副檢察官問。

「當然不是，」我說：「我承認我開了一張假的匯票給一位不存在的傅樂聲先生。我就是要開車去洛杉磯以傅先生名義把匯票拿到。但我沒欺騙任何人。我給銀行增加點業務而已。」

「那目的是什麼呢？」

「建立一點銀行信譽而已，」我說：「我要銀行覺得我業務繁忙，信譽良好，可沒有法律禁止我如此做呀。」

「但是你給車行這張支票，隨後又自存戶中將存款提剩兩百元。」

「沒有，我提款提的是另外一家銀行。至少我確信是從另外一家銀行提的。」

助理檢察官用電話問商業銀行，「你們有沒有一位王有德的客戶？」他問。

他握著電話等候了一下，對方在電話中回了一些話。他深思了一下說：「謝了，有事再聯絡。」

他說：「給我寫張便條給郵局，授權我可以去拿你在郵局交給自己的信。」

我照他意思寫妥交給他。

「在這裡等。」他說。

我就在他辦公室等了一個小時，當他回來時，那賣給我汽車的人和他一起進來。他說：「哈囉，王先生。」

「哈囉。」

「你給我增加了一大堆困難。」

「你給你自己增加了一大堆困難，」我說：「老天，也許你已經知道了這是一場誤會，你為什麼不直接和我聯絡，假如我要騙你錢，為什麼我不把銀行錢領光，還要留二百元在戶頭裡？」

「但是──你看──換了你，在當時情況，你會怎樣想。」

「我怎麼知道你會怎樣想？」

「這樣，」他說：「你看中那輛車，價錢也沒算你貴，我們只要車款。」

「你會得到一記耳光，」我說：「另外有人會告你誣告，非法拘捕，誣衊人格及其他罪狀。」

「胡說，」副地方檢察官說：「不要來這一套。就算有錯誤，但這是你的錯誤，不是他們的錯誤。」

「好呀！」我說：「你跟你地方人士一鼻孔出氣，我要自外地聘個律師來，我從洛杉磯請個好的律師來。」

他笑著。

「那就從鳳凰城請一個來。」

他們交換眼神。

「王先生，」車行人說：「這完全是誤會，但是你的錯誤。你從錯誤的銀行中提了款。也可以說是給我們錯誤銀行的支票。我也不知你怎麼錯的。」

「我是弄糊塗了一點。」我承認。

「我們兩人都得了一次不幸的經驗。州政府不肯出引渡狀，除非我們付所有的費用。我們也損失不少錢。這樣好了，王先生，你給我們一張商業銀行一千六百七十二元的支票，我們兩人握握手，一切叫停，怎麼樣。」

我說：「我會給你商業銀行的支票，那是因為我從不欠人錢。我承認我有錯誤，但你不該立即自以為然，請警方處理，那要叫你花錢的！」

副檢察官說：「王先生，打官司是沒好處的。事實上你的行為造成技術上的罪行。假如車行存心不良，他們也可以告你。」

「讓他們告呀！」我說：「我在監獄待的每一天，都會叫他們花錢的。」

警長也參與會話，他說：「我看既然這是一場誤會，我們不要意氣用事，我們要想正當方法解決。」

我說：「我要這輛車，我仍要這輛車。這車不錯，我也願意付一千六百七十二元。我跑錯銀行提我自己的錢。如此而已。」

「那你不再追究其他一切了？」警長問。

「我可沒這樣講。」

副檢察官對車行人說：「除非他簽署放棄一切訴訟權，否則事情總不能解決。」

「好了，好了。」我作投降狀：「你們寫好，我來簽字，把雪茄拿出來慶祝慶祝吧。」

副檢察官打好一張文件，我仔細看過，他們對我的一切控訴權都全部放棄。我也不可再因此事控告他們。我對副檢察官說：「我要你和警長共同簽署。」

「為什麼？」

「因為，」我說：「我對這裡的手續不太熟悉，我不希望自己的權利放棄之後又出什麼鬼，證明上只說車行不可再予追訴，但警方如何？法院如何？」

「沒這回事。」他說。

「既沒這回事，你們簽名又何妨？你們不簽我也不簽。」

大家簽了字，我拿到一份，放入口袋，他們給我一張商業銀行空白支票，我簽了車款的錢。大家握手，車行的人先回去。大個子原來是副警長，他說：「從沙漠開車回來真熱死人了！」

我站起，裝出有心事狀。開始在他們辦公室走來走去。警長奇怪地看看我說：「王先生，怎麼了？」

「我心裡有個解不開的問題。」

辦公室中很靜，警長、副警長和副地方檢察官都專注地在看我踱我的方步。

「什麼問題？」警長說：「說說看，也許我們能幫點忙。」

「我殺了一個人。」我說。

全室靜到可以聽出繡花針落地。

副地方檢察官打破肅靜：「你做了什麼？王先生。」

「殺了一個人，」我說：「再說，我的名字也不叫王有德。我真正的名字是賴唐諾。」

「喔！」警長說：「你的花樣也太多了。現在又怎麼啦？」

「不是耍花樣，」我說。「我用王有德名義來這裡重新做人。倒不是冒名頂替，而是重新開始。但是不行，良心受責太多，就是對不起死者。」

「你殺了什麼人？」警長問。

「一個叫韓莫根的人，你也許見過報，是我殺的。」

眼神在他們三個人中間飛來飛去有如內野傳球似的，警長突然改用非常和藹關心的語氣說：「也許你把心中一切吐出來後，會好過得多。賴先生，是怎麼發生的？」

「我有一個職位是當私家偵探，替一位柯白莎太太工作。韓莫根有位太太名叫仙蒂。仙蒂有位朋友赫艾瑪與她同住，艾瑪可真全身是女人。

「我受僱把傳單送達莫根。我知道有人要扼殺艾瑪。我問她，原來有人進入她臥房，她醒來那人扼她，她拚命掙脫。她為此怕得要死。

「她是好人，我喜歡她。我不放心她單獨留在公寓裡。我說她管她睡覺，我躲在壁櫃裡保護她。她不同意，因為仙蒂與她同室，我們說好仙蒂回來我就離開。

「我們談到很晚，不知仙蒂何時回來，我叫她睡，關上燈坐在壁櫃裡。我帶著槍，我儘可能不睡，但終於闔了一下眼。醒來時聽到艾瑪在大叫，我打開手電筒，一個男人在床旁扼她喉嚨。手電筒亮光使他想逃，我也太緊張了，一扣扳機他應聲倒下。我把槍拋在地下逃出了公寓。艾瑪自床上跳起隨我出來。風把門吹上，是彈簧鎖，再也回不去。她說她可躲起來等仙蒂回家，我們也不想報警，我們想仙蒂回來可能有什麼辦法把此事掩蓋起來。艾瑪決定為我頂罪，所以我就開溜。

「我後來知道她把一切頂起。我本來想她可以用自衛脫罪，但是後來事情演變不是那回事。」

警長說：「請坐，請坐，慢慢來，不要急，至少你現在心裡平靜多了，賴先生，那把槍你從什麼地方來的？」

「那完全是另外一段。」我說。

「我也知道與此無關，既然已經說了，你把心裡一切吐出來，你就會很舒服。說一半你仍會心裡難過的。想想看你全部吐露之後今晚上睡得平安多了。」

「槍是孔威廉給我的。」我說。

「孔威廉又是什麼人？」

「我在東部時常在一起的人。」

「東部哪裡？」

「堪薩斯城。」

接下來的無聲中我聽到副檢察官倒抽了口氣。

「你最後在哪裡見到孔先生？」他問。

「他在洛杉磯衛樂路有個住處。」

「幾號記得嗎？」

「九〇七號——可能。他所有手下弟兄都來了。」

「弟兄是些什麼人？」

「喔，弟兄就是弟兄，」我說：「法萊，和其他。」

「是他給你的槍？」

「是的，當我決定坐在壁櫃裡保護文瑪，我知道沒有東西保護自己是不行的。我的拳頭連自己也保護不了，還護什麼花？我請柯太太給我支槍，她取笑我。我只好去見孔先生。我把當時情況告訴他，他說：『對對對，你是需要一點東西自衛。我有什麼，不要客氣，你拿去用。』」

「孔先生又從哪裡得來這支槍？」副檢察官問。

「他的太太也在那裡，」我說：「他叫她小美人。他告訴她去——噢！我想孔先生和此事無關，我還是不要談他。他的槍哪裡來沒什麼重要。」

「你在堪薩斯城認識孔先生？」

「沒錯。」

「你在那裡幹什麼的？」

我停頓了一下，然後說：「我告訴過你我們不牽孔先生進來。我只說我自己和韓莫根。我想我已經說完了。你可以向加州警方證實這一切。」

「詳情我們也知道，」副警長說：「報上刊得大大的。那女孩目前是兇嫌。」

我說：「我知道，她是代我受過，我希望我早點自首。」

「我們還是對槍有興趣。」警長說。

「為什麼？」

「你什麼時候拿到的？」

「出事那天下午。」

「什麼地方？」

「我告訴孔先生我要一支槍。他說他會給我一支。他問我什麼地方可以找到我，我告訴他等一下我要去白京旅社用哈唐諾的名義住店。他說他會派人給我送槍。」

「你就去旅社裡拿到槍？」

「是的。」

「什麼人在旅社裡和你在一起？」

「赫艾瑪，她跟我一起登記。我記得是六二〇室。」

「什麼人把槍帶給你？」

「一個叫葛求偉的男人。他據說是旅社的僕役長。不過我有靈感他是孔先生的人。我想孔先生為其他原因把他放在那裡做眼線的。」

警長說：「這些話你要能證明才有用處。」

「我能證明什麼？」

「有關這支槍，」他說：「這是一支燙手槍，在堪薩斯城這支槍謀殺過一個人。」

「在堪薩斯城？」

「是的。」

「什麼時候？」

「兩個月以前。」

「老天！」我說。

「你能不能證明這支槍是葛求偉交給你的？」

「當然，孔先生不會否認他給我這支槍——不過，這是燙手貨的話，也許他——也許孔先生不知道這是燙手貨。」

「假如是同一支槍，他當然是知道的。」

「不過是葛求偉交給我的呀！」

「我們目前可以信任你。」警長說。

「你不必信任我，我可以告訴你我兩個月之前在哪裡，我連堪薩斯城附近都沒去過，我還可以告訴你一些事，那葛求偉給我槍的時候還給了我一盒子彈。我裝滿手槍後把多餘的子彈包起，放置在五斗櫃抽屜後的最裡面，在白京的六二〇室，你可以去查一查，取出來。」

「你在那裡登記為哈唐諾？」

「是的。」

「你沒有把槍交給赫艾瑪？」

「沒有，我自己需要這把槍，她沒有需要。她可以睡她的覺，我在負責保護她。」

警長說：「唐諾，我看你越弄越糟了，我現在只好關你起來，通知加州你在這裡。」

「我殺他是自衛呀！」我說。

「他正在逃走，不是嗎？」

「我想他是在逃走，但當時心很亂，很緊張。我看到他在逃，但是很難說他要做什麼，我以為他要拿槍——我弄不清楚，我太緊張了。」

警長說：「走吧！唐諾，我只好帶你過去，把你放牢裡，我打電話請加州的人來帶你回加州。我會儘量使你在這裡的時候舒服。」

「是不是我又要到加州去？」

「當然。」

「那麼熱的天氣，我不想再走那條路。」

「我不怪你，也許他們會決定走夜路。」

「我請個律師怎麼樣？」我問。

「律師能幫你什麼忙？」

「我也不知道，我想找個律師談談。」

警長說：「我倒有個建議，目前你最好簽字同意自動回到加州去面對現實，可能得到同情或減刑。」

「我什麼也不簽。」我搖著頭。

「好唐諾，你自作自受，我只好關你起來，這不是小案子，你知道的。」

第十二章 人權保護申請狀

牢中床是硬的，床墊太薄，沙漠初春的夜晚又變成特別冷，我忍耐地等著。遠處一個醉鬼獨自在咕嚕，單調，無意義，不成句的單字一個一個聽得人發煩。一個偷車賊在鄰室打鼾。我估計時已午夜，我想起來從沙漠來此時要多熱有多熱，可惜思想不能給我溫暖，我想起艾瑪——

牢門鐵門拉開，有人聲及腳步聲，辦公室方向聽得到椅腳和地板摩擦聲，我也聽到擦火柴聲和對話聲，哪裡一扇門關閉又把所有聲音阻在門外。

四、五分鐘後，我聽到腳步聲從長走廊傳出。獄卒說：「賴，起來，他們在下面等你。」

「我要睡覺。」

「睡不睡都要下來。」

我起床，夜晚太冷根本沒有脫衣上床，獄卒說：「快點，不要讓他們等太久。」

我跟他下來到辦公室，地方檢察官、警長、副地方檢察官，一位速記員和兩位洛杉磯警官在室中候著，面對一個強力燈光有一隻椅子是留給我的，警長說：「坐這隻椅子，唐諾。」

「我眼睛吃不消。」我說。

「過一下你就習慣了，我們要看著你問話。」

「你們也不必把我眼睛照瞎來看我。」

警長說：「你說實話，過一下我們就不必用燈照你，用燈照你可以使我們知道你什麼時候說謊。」

「你怎麼會想到我會說謊？」

他笑著說：「沒錯，你告訴了我們很多實話，使我們相信你知道很多我們要知道的，不過長的故事你只說出了短短一點點。」

他移動一下燈光，使光線不會直射我瞳孔。

「賴唐諾，」他說：「這些紳士來自洛杉磯，他們經過沙漠來此聽你講故事，他們瞭解全案，你說謊他們聽得出，你說了不少實話，我們還要你繼續合作。」

他用的是父親對白痴兒子講話的語調，條子常用這種語氣對初出道壞人，有時還是挺靈的。

我假裝完全受他催眠。

「今天告訴你的，」我說：「已經是我知道的全部了。」

燈光上揚，刺得我眼痛，要流淚，警長說：「既然這樣，我只好一點一點問你，同時要看你臉部表情了。」

「少來這一套，」我說：「你在虐待人犯。」

「沒有，我們沒有虐待你。唐諾，這是件大案子，我們急須知道真相。」

「我的故事又有什麼不對的？」我問。

「很多，很多，」他說：「首先，你沒有在臥室內，有的地方你說孔威廉的是事實，但也並不全然，你沒有殺莫根，是那女孩殺的，你給她你的槍。她把槍拋地上從臥室逃出來，她從樓下電話亭找你，一個公寓住客給她的一毛錢打電話。你的房東太太把你自床上叫醒——唐諾，我們要實情。」

我說：「好，把這鬼燈拿開，讓我來告訴你每件事。」

檢察官開腔，他向速記員說：「記下來，」又向我說：「賴唐諾先生，你現在要開始說自白，你完全是自願，沒有任何壓迫力量之下的自白。沒有人威脅過你，你要自白因為你希望澄清你自己的一些事情，是不是？」

「你愛怎麼說都可以。」我說。

「你沒有回答我的問題。」

「鬼話，」我說：「我被你們套牢了，這就是回答。」

他轉向速記員說：「賴先生的回答是『是的，』記下來，唐諾，沒錯吧？」

「嗯。」

「開始，」警長說：「我們要事實，記住，不要說謊。」

他把燈光移開，我受虐待的眼睛稍稍得到休息。

「我殺了他，」我說：「赫艾瑪不知道真相，我殺他不是為了保護赫艾瑪，我殺他因為有人要我殺他。」

「什麼人要你殺他？」

「孔威廉。」

警長說：「唐諾，我們告訴你不要說謊。」

「絕對沒有說謊。」

「好，繼續。」

「我要不要從頭說起？」我問。

「你最好從頭說起。」

我說：「我和孔威廉一批人在堪薩斯城就認識。我不告訴你我真正是什麼人，因為我雙親都活著，我不要他們傷心。你可以瞭解我東飄西蕩，但沒有前科，堪薩斯城那件槍擊案也與我無關，那時我在加州，我可以證明。

「現在我要說出內幕實況。孔威廉是吃角子老虎案的幕後人，當然他們要付點孝敬，我不知道孝敬什麼人或多少錢，但知道莫根是付孝敬錢的人。

「一切都相安無事，然後突然間大陪審團開始要調查。一個民間組成的罪惡調查團混進圈內把它公開。他們知道一些受賄官員名字，但對上面還是不清楚，他們知道聯絡人及大概警官收賄的總數。

「混入內幕的人報告官員所得總數，竟然只有孔先生所付出的一半。換言之，每次有一半進入了韓莫根私囊。洛杉磯是十分複雜的城市。頭子——那是大家對孔威廉的稱呼，對莫根十分信任，一切都交給他一手去辦，認為他是絕對忠心的。

「事發之後，莫根溜得無影無蹤，一般人認為他在逃避警方，事實上他是在逃避頭子，怕頭子做掉他。

「韓莫根黑吃黑來的錢，用他太太韓仙蒂的名字租了幾個保險箱藏著。韓仙蒂知道這是個好機會，選了這個時間提出離婚訴訟，她外面另有男朋友，而莫根已握有些證據。

「莫根進退兩難而且非常氣憤，他不能親自出庭答辯，一切對他不利，因而兩個人達成離婚協議。」

檢察官問：「韓莫根到底躲在哪裡？」

「我馬上會說到，是你們要我從頭說起的。」

我繼續說：「頭子查到韓仙蒂僱用柯氏偵探社來送達傳票，所以頭子命令我到柯氏偵探社去應徵取得這個工作，如此我們可以找到莫根，果然柯白莎派我去送達傳票。

「起初我們也不知道是仙蒂在掩護莫根，她把她哥哥接來住她公寓裡。那個人不是她哥哥，其實就是她丈夫，莫根當然緊盯著她，怕她乘機騙他，尤其是怕她囊括保險箱中的錢鈔。

「我收集所有資料告訴頭子。而得知莫根藏處的真相——也就是說我們發現所謂哥哥，其實是丈夫偽裝的。」

警長問：「你們既然認識他，他又怎麼可能偽裝仙蒂的哥哥呢？」

「他偽稱遇到車禍，鼻子上弄了一大堆膠布，把臉型牽引得變了形，他把髮型改變了，外衣裡穿上了襯墊的東西，看起來肥得多。我做掉莫根之後，我把他襯墊的東西包在報紙裡拋在公寓門口垃圾筒裡，你可以查得出來。」

「再講下去。」警長說。

「我把消息告訴頭子，頭子派出一個叫法萊的打手去對付莫根，那個法萊我們只叫他法萊，從來不知他姓什麼。

「沒料到的是，仙蒂那時候已經把保險箱搜空，韓莫根發現此事後決定把她殺死，拿到錢逃之夭夭。仙蒂另有男朋友，她不要使莫根知道，說服赫艾瑪睡在她床上，告訴丈夫他和艾瑪住兩張床的房間，不准他到兩個女人的寢室來，因為表面上他是哥哥不是丈夫。

「莫根當然有公寓鑰匙，半夜裡他溜進公寓，悄悄地走向臥室，暗中摸索以為是仙蒂，但扼住了赫艾瑪。艾瑪踢他腹部幾次終於掙脫驚叫，莫根也立即脫逃，這是我幹掉莫根前一天的事。

「頭子找到莫根攤牌，莫根祈求准他退回贓款。但是他拿不出錢來，因為錢在仙蒂手裡，頭子命令莫根自己去向太太追討。

「你們要知道，頭子對莫根已信心全失，而莫根又知道太多內幕。法院在找他，妻子背叛他，頭子要處分他的壓力下，他隨時可能鋌而走險，所以頭子更不放心他。

「我覺得赫艾瑪是好女孩，她不應該捲進這種漩渦，當我知道莫根差一點誤殺她時，把傢伙偷偷給她，讓她保護自己。

「頭子指定我在一個地方和莫根會合一起去取贓。莫根告訴我赫艾瑪和男朋友出去，至少要深夜才返，所以公寓裡只有他太太一個人。要知道韓仙蒂抓住頭子的錢，要她吐出來一定不會太容易，仙蒂製造一個只有她一人在家的謊言，而莫根信了她，莫根希望我來做惡人，在她頭上狠狠的來一下，把她綁在腰上的錢帶取下來。

「我也相信了他，一起來到公寓，莫根用鑰匙開了房門來到臥室，裡面全黑，我有手電。莫根不讓我用，說他太太一見亮光就會驚醒，我也曾特別一再問到是否可能尚有其他人在公寓裡，他一再保證只有他太太仙蒂在家。

「我摸黑跟著他，可以聽到床上女人的呼吸聲，我只想用手掩住她嘴奪回那錢帶，莫根在床尾什麼地方，反正我看不到，只聽見他呼吸聲，我用手試著她呼吸吐出來的氣以確定下手位置，但是她醒了。

「我向你們發誓，當時我沒有辦法，她行動太快了，槍聲在我臉旁響起，我一把抓下只抓到枕頭，她已經跳下了床，一件重物被拋到地上，她大叫，我知道是艾瑪，不是仙蒂。

「我們站著不動，直到公寓門大聲關上，我打開手電，韓莫根說：『你這蠢蛋，笨手笨腳，把事情弄砸了。』

「我沒有說話，我看到那把她抛在地上的槍，那是我交給她的槍，她發射了一槍，把槍抛地上逃出公寓。莫根還在怪我，我彎腰拿起手槍，我對他說：『你敬酒不吃吃罰酒。頭子給你機會你還要欺騙人。』莫根還在裝樣子問：『你是什麼意思？』我說：『你知道什麼意思！你明明知道這是赫艾瑪在床上，不是你太太韓仙蒂！』

「我想他在我眼中知道了我的殺機，他跑過我身邊直趨臥室房門，我冷靜地向他後腦開了一槍，他連門都沒拉開就完蛋了，我把槍再抛在地上，我必須移動他屍體才能打開臥室門，我從走道上救生梯下樓到後巷，攔輛計程車回家上床。」

「那有沒有向孔先生報告？」

「那時還沒有，我在想這是孔先生要我做的工作，實在也沒什麼大驚小怪的。」

「你睡到什麼時候？」

「我才要睡著，赫艾瑪用電話找我，這是很出我意料的，此後的一切你們都知道了，我假裝睡著了，所以房東太太叫了我三、四次才叫醒。」

警長說：「好小子，我相信你。」

檢察官說：「第一，照你這樣說，這把槍開了兩槍。」

「當然，是開了兩槍。」我說。

「那第一顆子彈哪裡去了？」

「我怎麼會知道，還不是穿埋在什麼地方。」

「那把槍不可能發過兩次。」一位洛杉磯警官說：「那彈夾只能裝七發子彈，兇殺組的人發現那槍時槍裡還剩六顆子彈。」

我說：「我都是說實話，這點很容易證明，槍彈是我放進去的，我放七顆子彈在彈夾裡，把彈夾推進手槍，把一顆子彈上膛，拿下彈夾，補進一顆子彈，又把彈夾推進手槍。所以槍裡共有八顆子彈，你們可以到白京旅社六二〇房間五斗櫃抽屜的最後面去找，找那盒滿滿的子彈是不是少了八顆。」

警長說：「沒錯，這解釋了他們在房裡另外發現一個空彈殼的原因。」

洛杉磯來的兩個人站起來，一個人說：「好，賴唐諾，你要跟我們一起回去，把你的東西帶著，我們馬上動身。」

「我不要跟你們回去，」我說：「事實上我有權不走。」

「你什麼意思？」

「我現在在亞利桑那州，」我說：「我不喜歡加利福尼亞，經過沙漠又太熱，我在這裡過得不錯，我挺喜歡監獄生活，這裡監獄對我很好，有什麼事就地解決好了。」

「唐諾，你不會又要麻煩我們申請引渡等等吧？」

「我決不離開這裡。」

一位洛城警官很不友善的跨前一步：「你這小子，不給你一點——」當地警長用一手抓住他的前臂：「這裡不行！」他說話雖慢但很有權威。

檢察官對獄卒說：「帶他回去，我打幾個電話再說。」

「我要一支筆和幾張紙。」我要求。

他們交換眼色，警長點點頭，獄卒說他會拿給我。

我走回牢房，天氣太冷，我兩膝發抖。但我坐在地上，上下牙齒顫動著，靠頂上小小的燈光慢慢寫著。

一小時後他們回來，警長告訴我速記員已把我的自白用打字機打妥，要我看，要我簽字。

「可以，」我說：「我馬上簽，我這裡也正式送一份上訴狀給你，請你正式簽收。」

「這是什麼？」他看著我剛寫好的東西。

「這是賴唐諾，」我說：「別名王有德的人權保護申請狀，要求依法於法定時間移送本州法院，否則應無罪開釋。」

警長說：「唐諾，你一定發瘋了，你自己承認了故意，冷血，預謀殺人——」

「沒錯，」我說：「我是殺了一個該死的鼠輩，你要不簽收我的人權保護狀，我就不簽自白書。」

「簽收就簽收，」他說：「反正沒什麼用處，我本來以為你瘋了，現在看來你根本是天真的傻瓜。」

第十三章　劣勢狀況下的鬥士

法庭裡充滿了汗流浹背的人群，庭外太陽炎毒地照著沙漠中的城市，雖是上午十時但已熱得透不過氣，好奇的旁聽者擠塞得法庭密不通風，歐雷門法官走進法庭坐上主審的椅子，向下用好奇又慈愛的語氣說：「本庭是為審理賴唐諾，另外名字王有德，提出人權保護申請狀而開的，請問上訴人，也就是賴先生，你準備好了嗎？」

「是，準備好了，庭上。」

「你有請律師代表你嗎？」

「沒有。」

「你有沒有準備請一位呢？」

「不準備。」

「我知道你是有一點錢的，賴先生。」

「是的，我有一點錢。」

「而你不想請一位律師？」

「報告庭上，不想。」

法官轉向地方檢察官。

「檢方也準備好了。」檢察官說。

「對他的人權保護狀，你們決定駁回，不准？」

「是的，庭上。」他說：「這位被告是因為加州簽發的拘捕狀而被拘留在這裡的，拘捕理由是第一級謀殺。引渡手續正在進行，加州的引渡申請隨時可能飛來鳳凰城，州政府的引渡令也隨時可能發下，我有把握數小時內上訴人即將被引渡加州，他在本州並沒有犯罪，也不準備送法院。」

法官問：「這是這上訴人唯一被拘留在本州的理由嗎？」

「是的，庭上。」

「上訴人身分證明有問題嗎？」

「沒有，庭上。」

「很好，現在檢方提出證據。」

地方檢察官叫警長出庭作證，警長提出案情，並當庭請人朗讀了我的自白。

歐法官慈祥地下望我說：「賴先生，我認為這些證據已足夠證明你也許——也許沒有犯有第一級謀殺罪，不管如何這是件殺人案件，其動機，是否故意或應處什麼罪，都要由加州法庭來審理。在本庭看來，因為你也許犯有殺人罪。所以——」

我雖有完整的法律教育，但是我出庭經驗非常稀少，再說我斜門歪道只是喜歡在圖書館研究冤獄平反和法律漏洞，我從被告席站起來時雙膝是軟軟的，但是我勇敢地打斷地的話。

我說：「據我知道法官判決之前，被告也有提出證據的權利。」

他不悅地說：「我一直對你很容忍，你有什麼要提出的就提吧，你這樣反而給加州警方更多——賴先生，我認為你應該請個律師。」

「我不要任何律師，」我說，「我傳叫那位帶我回猶馬的警官出庭做我第一個證人。」

「請問你叫什麼名字？」我問。

「聘克勞。」他說。

「你是本州的警官？」

「是的。」

「是你把我帶來猶馬？」

「沒錯。」

「從哪裡把我帶來猶馬？」

「從加州的愛爾聖吐。」

「我離開愛爾聖吐是不是自願的？」

他笑著說：「不是，愛爾聖吐警長和我兩個人硬把你拉上汽車，天那麼熱，累個半死。」

「憑什麼法條可以強制執行？」

「因為我有引渡令，另外還有張拘捕令，罪狀是欺詐財物等。」

「你把我怎樣處理？」

「把你引渡到亞利桑那州，把你關在猶馬的牢裡。」

「我是不是一路自己甘心情願？」

他笑著說：「你完全不情不願。」

我說：「謝謝，問話完畢。」

法官冰冷地問：「賴先生，你還要叫什麼證人嗎？」

「不必了，庭上。」

「好，我現在判決。」

「我有沒有做辯論的機會？」

「我不太覺得你還有什麼辯論可以影響本庭判決了。」

我說：「那不見得，我有很多話要講，庭上！加州現在要我回去，但是只有幾個小時前，加州不要我留在他們土地上，我是在強迫情況下離境到猶馬來的，這一點請明察。」

「明察這一點與本案有何區別呢？」法官問：「你已經自認在加州殺了一個人。」

「當然，我是殺了一個人，他是該殺的，他是個鼠輩，一個害人精，但這點與本庭無關係，有關係的是現在我可以不可以引渡，據我看法律規定我不能引渡，法律只規定越州非法逃亡到他州的人犯。可由主權州向該州申請引渡。」

「假如你說你不是非法逃跑的逃犯，我不知你是什麼？」

「這一點根本不必辯論，」我說：「庭上是先入為主中看不清楚，一個人怎麼會自己不情不願地非法逃亡到另一個州去呢？為了避免拘捕，逃犯自願逃離一個州到另外一個州去，才稱非法越州逃亡，才合乎引渡條例。我沒有逃離加州，我是被官方硬從加州拉到亞利桑那州來的，我一再聲明我不願離開加州。我又一再聲明他們指控我在猶馬犯的罪是無辜的。我到了猶馬，他們立即證明我無辜。現在據我看，隨便那一天只要我自己回到加州境內，他們可以逮捕我，控我以謀殺罪。如果我不願離開這裡，美國的法律就不能移動我分毫。」

法官的注意力開始集中，也顯出了十分的興趣，他說：「看你有備而來的樣子，大概還真下了點工夫，也許你也研究了一些案例吧？」

「是的，庭上，有關案例：Whittington 一九三四上訴法庭案號三四四是一個極佳參考，我又可舉例上訴法庭案號四二三人民公訴瓊斯案。這案例加州法理學期刊曾簡明轉載在第十二期三九八頁，內容如下：『逃犯之離境完全不是自己意志，而是受合法或非法強制強迫者，不能稱為越州逃犯。亦不能引渡。』文中舉例述說，甲州的人犯離州到乙州之原因是因以前他在乙州所犯的罪，由乙州要求經甲州同意而引渡過來的，甲州就不能用引渡法再要求乙州引渡，其原因有二。第一，該犯根本不是逃離甲州的；第二是為了重視引渡法的必須條件——只可引渡犯法怕被逮捕而越州逃亡者，甲州就等於放棄所有處分他的權利了。」

法官坐在那裡，不肯輕信的樣子，但有點愣住了。地方檢察官急急站起說道：「庭上，這當然曲解了法律，假如這是法律，任何人都可以預謀殺人，找這樣一個法律漏洞，希望不受處分。」

歐法官慢慢說：「很明顯的，這正是這位被告目前想做的事，我們可以看出來這位先生完全是有計畫的，一步一步在進行非常天才設計好的罪案。假如這是我們的法律，這位先生已經完成了一件完美的犯罪，和一般完美犯罪不同，但非常微妙而且可以完全免罪。

「你們有沒有注意到，他連案例、文獻內容都背熟了，他也不知預習過多少次，從他所做一切可以看出他有狡猾而十分聰明的法律頭腦。可惜走入歧途，為非作歹沒有法律道德，這點本席非常悲痛，但是這位年輕人，不管他外型那麼不結實，看來幼稚無經驗，他總是成功地把兩州的警方玩弄於掌股之上，使兩州對他冷血，蓄意又公開自認的第一級謀殺無計可施。從某方面看來也是難能可貴，這是法律界會造成大驚駭的一個案例。表面看來他利用鬼聰明和法律漏洞加上公開的自白，使加州警方連他的同謀都無法起訴一起脫罪了，但本庭席上的上訴人，我覺得你能在行之有年，一再改良，幾無缺點的本國法律裡找出這樣大一個見不到的漏洞，又敢一步步實行，證實出來也真要有點膽識。

「本庭宣佈三十分鐘休息。休庭期間本庭將作個不偏不倚的公平決定，本庭也不會在發現我們嚴密的法紀社會組織中，有了這樣一個漏洞而不提請有關注意。當然本庭不會像上訴人那樣對他有利來解釋根本大法，但加州如果沒有更好的見解於文字既有的解釋，本案恐亦只好如此結案。」

歐法官站起來，嚴肅沉重地走向議事廳，我坐在法庭等候，過不多久警長過來說：「唐諾，跟我來。」

他把我帶到他的辦公室等候，不多久地方檢察官也進來。他看我好像我是外星人似的。

半小時之後，警長把我帶回法庭，歐法官進來入座。他雙肩下垂，向下望著檢察官說：「我無能為力，我們的法律正如上訴人所解釋，在這種情況下，一個人是可以，而且已經冷血地完成第一級謀殺案，而法律對他是免疫的。作為一個不太起眼的初犯，他已使法律受騙，本庭明知上訴人一開始即有犯意，而且依照計畫好的步驟一步步執行，但是法庭也相同的無法證明這一點，上訴人適才所引證的確是加州法庭自己的判決，既然加州法庭對這法條已經有過解釋，我們也不便另外再作任何不同的辯證，加州已忽略了這個問題，也使他自己不可能另用他途來解釋這條法律，加州不可能引渡這位先生。雖然本庭要作今天的裁決十分遺憾，但本庭也只好依法行之，本庭裁決上訴人當庭釋放。」

檢察官說：「庭上！庭上！我們不必相信他所說的，我們可以用其他方法把他留在這裡，也許他——」

「顯然是你無力欣賞上訴人為惡的天才，」歐法官說：「他絕不可能從本州引渡到加州，因為他根本不是越州逃犯——他沒有逃離加州，我也懷疑你能不能證明他和堪薩斯城之案有什麼關聯。他當然不會離開亞利桑那州，在本州他可以免疫，其他任何州他都沒有免疫。像上訴人這樣敏銳、聰明，而且有法律頭腦的當然完全瞭解此一事實。而且會隨時注意各種法律技巧，本席宣佈被告當庭釋放。」

慢慢的法庭四周旁聽席上低語四起，這些不是惡意的低語，而是驚奇和興趣交半。假如有律師代我辯論的話、我可能會被群眾私刑處死，但今天我是劣勢狀況下的鬥士，我單獨無助，面對法庭，我強迫法官接受我對法律獨特的看法，使地方檢察官呆若木雞，一籌莫展。

有人喝采。

有人大笑。

法官命令法庭肅靜，宣佈退庭。

第十四章　法律漏洞

鳳凰城旅社的職員對我說：「柯太太自加州乘飛機來，旅途有點不適，她通知不論什麼情況不要我們打擾她。」

我出示她給我的電報說：「她到這裡來就是來看我，這是她給我的電報，她要我儘快到這裡來見她。」

職員猶豫了一下，通知接線生：「給他接柯太太。」

過不多久接線生說：「賴先生，請自己上去，三一九。」

我乘電梯到三樓，在三一九室門外敲門，柯白莎說：「進來進來。」

我轉動門柄進入室內，她在床上倚枕而坐，一塊濕毛巾敷在額上，臉上沒有化妝，臉上皮肉鬆鬆的，兩側嘴角有點下垂，寬大的下巴更為突出。

「唐諾，」她問：「你有沒有乘過飛機？」

我點點頭。

「有沒有暈機？」

「沒。」

「我就暈機，」她說：「我以為這鬼東西一輩子也下不了地了。唐諾，親愛的，你幹了點什麼鬼事？」

「不少。」

「我也承認你一定幹了不少事，你給了偵探社好多免費廣告，案子也完全破了。」

我給自己找了個椅子坐下。

「不！不要坐那兒，我一轉頭就會暈，到這裡來，坐在床腳邊——就這樣好一點。唐諾，你還愛那女孩嗎？」

「是的。」

「你這樣做為的是愛她嗎？」

「一半是為了她，」我說：「另外一半就是想打敗那些思想落伍沾沾自喜的律師。他們自以為瞭解法律。其實真是一知半解，當初我亦曾提出申冤，冤情調查的人認為我有這種想法是因為我對法律瞭解不多，法律教育基礎不佳，他們根本沒有把這可能性研究一下，直覺以為一個人謀殺了另一個人，必定不可能用法律漏洞不受處分，他們直認我在胡說，我就是要給他們看看。他們要暫停我開業，我就自己打出知名度來。」

「除這一招之外，還有沒有諸如此類的鬼名堂？」

「還有不少。」

「唐諾，點支菸給我。」我點支菸，放進她嘴唇。她深深吸一口說：「你我可以相處很久，你有腦子——你這小子，但是你的毛病是太衝動，還會搞些什麼騎士救美這種幼稚行為。像你這種年齡，女朋友還有得交，不要見到一個就咬住不放，聽我柯白莎話沒有錯，不過你腦子很好，思維很細緻，告訴我！你怎麼會把內情想通的？」

我說：「回頭想來，實在非常簡單。有人聽到槍聲通知警方，警方在艾瑪離開公寓很久後才來到現場，我想到那報警的人聽到的一定是第二次的槍聲。而第一次的槍聲根本沒有人聽到，彈夾可裝七顆子彈。韓莫根之被殺一定正如警方所言，他在開門外逃，而且是立即死亡。所以倒下來的位置應該正好擋住開門位置。赫艾瑪沒有移動屍體，她只是開門逃了出去。

「孔威廉一幫是有組織的，吃角子老虎營利更需不少人參與。韓仙蒂的保險櫃有不少現鈔，韓莫根和韓仙蒂都不希望有人知道這件事。赫艾瑪躺在仙蒂床上，有人要掐死她，掐她的人有長指甲，我注意到阿利有修長而細的手指，精心修剪過，指甲是較尖長的。韓仙蒂要是死了，當然不再有離婚訴訟。

「韓莫根一度的確扮阿利騙過了孔威廉，但孔不是傻子，他修理我時也想出了個中奧妙，所以後來你去找他時他不太在乎，這正表示他從我在旅社中能送達傳票，想通了阿利和莫根的關係，那時他已把莫根盯緊了。孔威廉一幫人中，哪一位受傷了？」

「法萊，」白莎說：「艾瑪的一槍打中他左上臂，老天，你是不是一切都知道了？」

「沒有，」我說：「我早在應徵時告訴過你，我個子不夠大，不能和人打架，我必須多用腦筋，我養成了深思和組合的能力。」

她說：「你本來可以憑想到的事實破案，何必把自己拚命牽涉過去，想想你冒了多少險，不過你給了我太多的廣告宣傳，親愛的！你還真行。」

我說：「你倒說說看，我自己不牽涉進去又有什麼辦法破案？那把槍是把燙手貨，而且直接和我有關，假如我把實情告訴警方，他們能相信嗎？尤其艾瑪一直自以為殺了人了。我說什麼空想的理論，警方只會以為我是為了脫自己的罪或脫艾瑪的罪而揑造出來的。」

「孔威廉又是怎麼回事？」

「那也簡單，孔威廉知道白京旅社是監視重點，他安排了一個內線，因為只有僕役長知道我所有行動，所以僕役長是他的內線絕不會錯。他們決心陷害我，給我一把燙手的槍，又叫法萊打了我一頓，我告訴孔先生我不會放過他。你看，六月債還得多快，我要直接告發，不會產生效果，但是我自白受他指使殺人，就叫賊咬一口，入骨三分，警方不能不深入調查他。」

她笑了。她說：「沒錯，唐訥，這一口咬得太凶，假如你在加州，你一定滿意這一口的結果，有了你的自白，警方就合法的修理孔威廉。其實警方早有情報，但苦無證據不便魯莽，有了你自白的藉口。警方把他帶回局裡修理，只因他漏出一點與韓莫根案有關，警方拚命追他堪薩斯城的案子，他是死定了，這案子真辦得好。唐諾！下去給我買瓶酒來。」

「我要一點公款用用。」

「韓仙蒂給你那麼多錢在哪裡？」

「醃起來了，壞不了的。」

「有多少？」

「未經同意，恕難奉告。」

「大概有多少？唐諾。」

「恕難奉告。」

「一萬元。」

「實在恕難奉告。」

「親愛的，你把它藏哪裡了？」

「安全的地方。」

「唐諾，好孩子，你要記住，你是替我工作的。」

我說：「是的，尤其是財源方面來說，事實上，我還欠你點錢，計程車費，是嗎？」

「沒錯。」她眼都沒眨一下：「九毛五分，發薪時自動扣除。不必掛在心上，已經記在你薪水帳戶借方項下了。」

「還有件事，」我問：「何醫生是什麼人？真是仙蒂的情人嗎？」

「是的，」她說。「他們把韓莫根套牢了，他既自稱是仙蒂哥哥，只好眼睜睜看仙蒂和冒牌何醫生當他面眉來眼去。他更不敢露出一點做丈夫的脾氣，怕孔先生榨光他的錢又送他回老家。」

我說：「仙蒂倒真會趁火打劫。」

「不錯，唐諾，弄點酒來，怎麼樣？」

「弄點錢來，怎麼樣？」

她伸手向皮包。

「你一個人飛來的？」她在摸索搬弄零票時我問。

「怎麼可能？」她說：「柯白莎要旅行時先要抓個大頭一起走可以付款，再不然有僱主可以開公帳，不是一個人來的。唐諾，我帶了我們的僱主來了。她在隔鄰房裡，她還不知道你已經來了，她一直在說起你——一路都在說，老天，我暈得快死，而她一直嘮叨你。」

「韓仙蒂？」我問。

「當然不是，」她說，用頭和嘴唇比一比與鄰間相通的門說：「仙蒂只會當面表演，你一離開，早就忘得乾乾淨淨。」

我走過去打開門，赫艾瑪坐在靠窗的椅子上。

她看到我立即站起來，眼睛發亮，嘴唇半開著。

「買酒的錢在這裡，唐諾，」柯太太說：「不要太激動，老天知道你一毛錢也沒有，還養不起一個家，你還欠我九毛五分計程車錢！」

我走進艾瑪的房間，用腳跟踢上了那道相通的門。

相關精彩內容請見《新編賈氏妙探之2險中取勝》

新編賈氏妙探之1 來勢洶洶

作者：賈德諾
譯者：周辛南
發行人：陳曉林
出版所：風雲時代出版股份有限公司
地址：10576台北市民生東路五段178號7樓之3
電話：(02) 2756-0949
傳真：(02) 2765-3799
執行主編：劉宇青
美術設計：吳宗潔
行銷企劃：林安莉
業務總監：張瑋鳳

出版日期：2022年12月 新修版一刷
版權授權：周辛南
ISBN：978-626-7153-49-9

風雲書網：http://www.eastbooks.com.tw
官方部落格：http://eastbooks.pixnet.net/blog
Facebook：http://www.facebook.com/h7560949
E-mail：h7560949@ms15.hinet.net
劃撥帳號：12043291
戶名：風雲時代出版股份有限公司

風雲發行所：33373桃園市龜山區公西村2鄰復興街304巷96號
電話：(03) 318-1378
傳真：(03) 318-1378
法律顧問：永然法律事務所 李永然律師
北辰著作權事務所 蕭雄淋律師

行政院新聞局局版台業字第3595號 營利事業統一編號22759935

定價：299元　

國家圖書館出版品預行編目資料

新編賈氏妙探. 1, 來勢洶洶 / 賈德諾 (Erle Stanley Gardner) 著；周辛南譯. -- 臺北市：風雲時代出版股份有限公司, 2022.11　面；　公分

ISBN 978-626-7153-49-9（平裝）

874.57　　111015942